Com os pés na África
SÉRGIO TÚLIO CALDAS

Ilustrações
Fefê Torquato

1ª edição

2016

© SÉRGIO TÚLIO CALDAS, 2016

COORDENAÇÃO EDITORIAL: Lisabeth Bansi
ASSISTÊNCIA EDITORIAL: Patrícia Capano Sanchez
COORDENAÇÃO DE EDIÇÃO DE ARTE E PROJETO GRÁFICO: Camila Fiorenza
DIAGRAMAÇÃO: Michele Figueredo
ILUSTRAÇÕES DE CAPA E MIOLO: Fefê Torquato
COORDENAÇÃO DE REVISÃO: Elaine C. del Nero
REVISÃO: Andrea Ortiz
COORDENAÇÃO DE ICONOGRAFIA: Luciano Baneza Gabarron
PESQUISA ICONOGRÁFICA: Cristina Mota
COORDENAÇÃO DE *BUREAU*: Rubens M. Rodrigues
TRATAMENTO DE IMAGENS: Marina M. Buzzinaro
PRÉ-IMPRESSÃO: Vitória Sousa
COORDENAÇÃO DE PRODUÇÃO INDUSTRIAL: Andrea Quintas dos Santos
IMPRESSÃO E ACABAMENTO: A.S. Pereira Gráfica e Editora EIRELI
LOTE: 801844 - Código: 12102463

Imagem de fundo e vinhetas laterais de todas as páginas: © En min Shen/Shutterstock; © natrot/Shutterstock.
Molduras e alfinetes da página 74: © Piranjya/Shutterstock; © Picsfive/Shutterstock.
Letra da página 25: Mariquinha, Bonga © Nossa Música Produções Musicais Ltda.

Dados Internacionais de Catalogação na Publicação (CIP)
(Câmara Brasileira do Livro, SP, Brasil)

Caldas, Sérgio Túlio
Com os pés na África / Sérgio Túlio Caldas. –
1. ed. – São Paulo: Moderna, 2016. – (Série Giro)

ISBN 978-85-16-10246-3

1. África - Descrição e viagens 2. África -
História 3. Cultura - África I. Título. II. Série.

15-11262   CDD-916

Índice para catálogo sistemático:
1. África: Descrição e viagens 916

REPRODUÇÃO PROIBIDA. ART. 184 DO CÓDIGO PENAL E LEI Nº 9.610, DE 19 DE FEVEREIRO DE 1998

Todos os direitos reservados
EDITORA MODERNA LTDA.
Rua Padre Adelino, 758 – Belenzinho
São Paulo – SP – Brasil – CEP 03303-904
Vendas e atendimento: Tel. (11) 2790-1300
www.modernaliteratura.com.br
2025
Impresso no Brasil

Para os muitos milhões de crianças, jovens, adultos e idosos africanos que – embora a riqueza de suas histórias e de seus conhecimentos inspire a produção literária, a música, o cinema e as mais diferentes formas de arte – ainda hoje crescem privados de simples prazeres como este: o de ter um livro em mãos.

Agradecimentos

Um livro de viagem não existe sem a generosidade das pessoas e dos amigos que conhecemos ao longo da jornada. E só se torna possível com o apoio, a dedicação e um tanto de suor de quem está nos bastidores da produção editorial. Assim, sou grato à sempre atenciosa e cuidadosa editora Beth Bansi e à sua equipe.

Esta obra certamente não seria a mesma sem os traços da talentosa quadrinista Fefê Torquato.

Tive ainda o privilégio de contar com a leitura afiada da jornalista e sempre irmã Clarice Caldas; da escritora, bióloga e conhecedora d'África Rosa Maria Tavares Andrade; e do *mô camba* escritor Ricardo Soares, que sabe *bué* como é a vida em terras africanas.

A outro escritor, premiado mundo afora, devo agradecimento especial: o angolano Pepetela, que se dispôs a entrar na onda do livro e me concedeu uma entrevista esclarecedora sobre Angola e a África. E o estímulo, sempre, de Lucia Porto, Julia, Camila, Nancy Caldas, com amor.

Sumário

PARTE I: ANGOLA

1. Sem pai nem mãe, 9
2. "Voa, garoto!", 14
3. Me leva, candonga, 24
4. Hora de vazar!, 31
5. Uma noite daquelas, 36
6. Conversas para mata-bichar, 41
7. Conflitos pra todo lado, 48
8. Tempos de guerra... E o Pirula está nu, 57

PARTE II: MARROCOS

9. Perdido em Marrakesh, 67
10. Abdul, 73
11. O chamado, 80
12. "Camelando" no deserto, 85
13. Vida de nômade, 92
14. Susto no deserto, 96

"A essência de uma viagem é o inesperado."
Paul Theroux, escritor

#Partiumundão

O meu desejo de sempre querer ver, ouvir e aprender com o mundo, aliado à minha profissão de jornalista, me impulsionou a pegar estrada para conhecer novos lugares e quem neles habita.

Andei pelas montanhas de Minas e dos Andes, na América do Sul; pelos Himalaias que se erguem a altas altitudes no Nepal e no Paquistão. Cruzei extensos desertos chineses, africanos, indianos. Aterrissei em ilhas cicatrizadas por guerras e *tsunami*: Malvinas e Sri Lanka. Naveguei rio acima e rio abaixo pela Floresta Amazônica; vi a exuberância da Mata Atlântica e a dura beleza da Caatinga.

Aqui e ali, encontrei muita gente: das mais humildes às mais afortunadas e às mais sábias. Conversei bastante, me esforcei para entendê-las, tentei ser compreendido, dei risadas com crianças, jovens e idosos.

Ao visitar a África pela primeira vez, acabei me aventurando Saara adentro junto com nômades que conheci numa viela empoeirada do povoado de Tamegroute, sul de Marrocos. Nada programado, pura obra do destino.

Fiquei tão impressionado com o continente africano que voltei para lá, onde morei durante um ano, em Luanda, capital angolana, em 2010. Não era a primeira vez que tinha um endereço fora do Brasil – mas aquela seria uma experiência bem distinta do que viver em cidades da Europa ou da Ásia.

Muito do que experimentei durante minhas viagens pela África estão nas páginas deste livro. Como também estão narradas situações de medos e aflições – afinal, as boas viagens não são apenas aquelas onde tudo dá certo. Os perrengues fazem parte e, geralmente, rendem boas histórias e lembranças.

Algumas pessoas que tive a oportunidade – e a sorte – de encontrar pela África voltaram, de alguma forma, a ganhar nova vida neste livro. Com elas, compreendi um pouquinho mais da alma africana. Situações, personagens e lugares citados nestas páginas não são frutos da ficção, mas da vida real. O protagonista Tulio é um tanto de mim. Já o apresentador Armando Arlindo, este sim surgiu da imaginação – porém, é um sujeito bem possível de existir por aí...

O autor

Parte I: Angola

1. Sem pai nem mãe

O homem, vestido em uma farda militar surrada, metralhadora atravessada no peito e o rosto melado de suor, estava a dois passos de mim. Ele me olhou feio. Direto. Um olhar daqueles que apavoram, lançam faíscas.

Confesso que tremi de medo. Dos pés à cabeça. Pronto, confessei.

Eu nem havia notado sua aproximação tão repentina. Meus pensamentos, meu espírito, zanzavam em outro lugar. No momento daquele encontro inesperado, toda minha atenção concentrava-se na câmera fotográfica, que eu segurava nas mãos, no foco, no ângulo mais legal do belo edifício colonial bem à minha frente. Com um olho fechado e outro no visor, eu não enxergava mais nada ao redor. Era como se o planeta estivesse congelado.

Só depois que o meu dedo indicador apertasse o botão de disparo da câmera, aí sim, o mundo voltaria a girar. *Clic*! Pois foi durante esses poucos segundos, antes mesmo que eu pudesse checar se a imagem estava boa, que o soldado de cara amarrada se aproximou. Ele parou tão perto que pude sentir seu bafo quente golpear meu rosto.

Uma pontada fria subiu pela minha espinha.

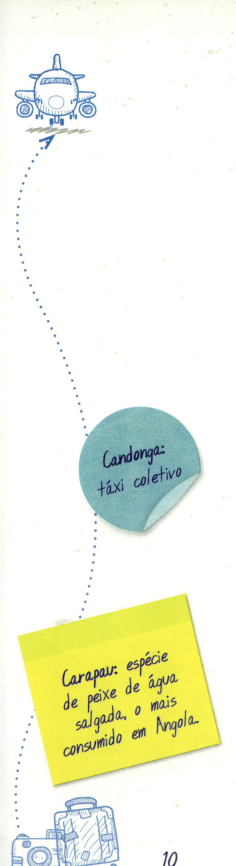

– *Opá*, que estás a fazer? A tirar fotografias..., a desrespeitar as leis nacionais do país? Ele disparou.

– Me desculpe, mas não estou entendendo sobre o que Vossa Excelência está se referindo... – Respondi com todo respeito, tentando ser o mais educado possível. Se bem que, reconheço, eu forçara um tantinho com o "vossa excelência"...

– "Vossa Excelência"? Primeiro que não sou "excelência". E, segundo, muito menos "vossa".

– Mas o que fiz de errado? Só estou fazendo umas fotos daquele prédio para postar no meu *Faceboo... boo...*

Ele me interrompeu bruscamen...

– Quê? Estou a perceber pelo sotaque que não és um cidadão nacional d'Angola!

– É, por acaso, não sou angolano...

– Pois fique a saber que cá em Angola temos leis a cumprir! A cumprir, tás a ver?

Notei que ele segurou a metralhadora com mais firmeza entre as mãos. Juntou os dois calcanhares, ergueu o queixo, estufou o peito como se fosse um pombo e olhou fixamente nos meus olhos. Seu rosto redondo e suado ficou ainda mais trancado. Fechado.

Senti-me ameaçado. Um pobre estrangeiro, sem pai nem mãe.

Afinal, eu estava pisando num país distante, em plena África, ainda um mistério para mim. Tudo era diferente: o cheiro de óleo e poeira, misturados, suspenso no ar. Os prédios enormes em construção, erguidos por operários chineses. O céu cor de chumbo. O calor sufocante. As buzinas azucrinantes, as CANDONGAS lotadas de passageiros. Homens e mulheres vindo dos portos carregando na cabeça balaios com peixes fresquinhos:

– Olhaaaaaa o CARAPAUuuuuêêêêê!!!.

Zungueiras ziguezagueando pelos semáforos fechados, vendendo frutas e bugigangas de plástico. As motocicletas disparando entre os carros empacados no trânsito caótico. Meu coração saltava pela boca. Dava até para ouvi-lo: *tum-tum, tum-tum, tum-tum...*

– Estás metido numa grande MAKA! – disse o soldado.
– O quê? Ma...ka???
– Sem conversas! PUTO, venha comigo. Siga-me até ali a frente.
– "Puto", eu? Estou ferrado! – pensei.

Zungueira: vendedora ambulante

Maka: problema

Puto: já já conto o que significa!

COM A METRALHADORA EM PUNHO, O SUJEITO ME APONTOU UM PRÉDIO ANTIGO BEM PRÓXIMO. A UNS 50 PASSOS DE DISTÂNCIA.

O SOL QUENTE MARTELAVA A CIDADE, BATIA DIRETO NA MINHA CABEÇA: PÉIM–PÉIM–PÉIM...

A LUZ CORTANTE DO MEIO-DIA CHICOTEAVA NOS VIDROS DOS CARROS E NOS TELHADOS DE ZINCO, O CALOR NÃO PERDOAVA NEM AS SOMBRAS.

Apertei os olhos para me proteger da arrebatadora claridade solar. Tive que fazer um esforço enorme para conseguir ler a placa fixada acima da porta de entrada do velho edifício: "Comando Geral da Polícia Nacional de Angola".

Ao lado da placa, tremulava uma bandeira metade vermelha, metade preta. No centro dela, uma meia roda dentada, uma estrela e um facão amarelos. Essa é a bandeira oficial de Angola, que eu veria estampada em *outdoors*, bonés, camisetas e adesivos de carros durante todos os dias de minha estadia no país africano. Era em direção ao "Comando Geral da Polícia Nacional de Angola" que eu caminhava. Quer dizer, para onde era levado!

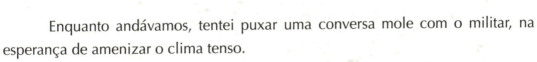

Enquanto andávamos, tentei puxar uma conversa mole com o militar, na esperança de amenizar o clima tenso.

– Então, qual é o nome do senhor? Como posso te chamar?

– Primeiro, o "nome do SENHOR" é Jesus Cristo. Segundo, não é "como posso te chamar", mas "como posso TRATÁ-LO".

– E como posso?

– Podes o quê?

– Tratá-lo!

– Trate-me por "senhor". Mesmo que o SENHOR seja Jesus.

– Então o nome do senhor é Jesus?

– Tás a gozar, ou o quê?

– Não! Eu só quero saber seu nome...

– Capitão Sapato. Assim mesmo, batizado com todas as letras: Capitão Sapato. E já estou a adiantar que não estou de conversa com putos.

Uau! Capitão Sapato! Nunca imaginei que um dia encontraria alguém com um nome assim. Um tanto estranho... Se bem que, no Brasil, temos Pimenta e Laranjeira; Falcão e Passarinho; Lobo e Raposo. Raposo?

Mas o que me incomodava mesmo era o fato de ser chamado de "puto". Aquele novo título, qualificação, ou seja lá o que fosse não me soava nada amigável. Em que raios de encrenca fui me meter?

13

2. "Voa, garoto!"

Antes de desembarcar em Angola, e ser abordado pelo Capitão Sapato, eu estava numa outra onda...

Acerte e Viaje. Esse era o nome de um programa de *quiz* na televisão, do qual eu vinha participando. Transmitido toda sexta-feira à noite, em rede nacional, a atração de perguntas e respostas tinha grande audiência. Ao longo de um mês, o apresentador Armando Arlindo apertou-me contra a parede com uma montanha de questões sobre história, geografia, esportes, biologia, conhecimentos gerais.

Eu vencera todas as etapas e faltava apenas uma para a conquista do prêmio principal. Pura tensão! Porém, a maior dificuldade nem eram as perguntas. O pior era encarar o pavor de estar ao vivo na TV, sabendo que do outro lado da telinha havia uma multidão de queridos, e nem tão queridos, telespectadores me assistindo. Uns torcendo por mim e outros – claro – querendo ver minha caveira!

E então veio a quarta e última sexta-feira do mês, o dia final da minha participação no programa. Tinha chegado a temível hora de enfrentar as perguntas derradeiras, que poderiam me garantir a vitória... ou... que me mandariam direto para casa com o rabo entre as pernas, como um cãozinho vira-lata sem dono, sem carinho.

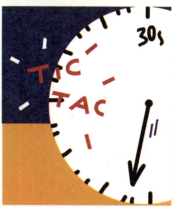

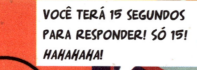

Minha boca secou. Perdi o ar. Ainda bem que não desmaiei. Um vexame deste, ao vivo, iria se tornar um viral na internet a me perseguir feito piada grudenta pelo resto da vida.

Nos bastidores, Armando Arlindo me passou uma folha com as regras que eu deveria cumprir para manter o prêmio.

Regulamento

1. As viagens acontecerão mundo afora, em um **prazo de um ano**.

2. A permanência em um lugar será encerrada por meio de uma mensagem do **apresentador Armando Arlindo**. Ele também informará o **próximo destino**, que só será revelado ao final da visita a cada país, cidade ou região.

3. O viajante terá o compromisso de **postar textos, fotos e vídeos** sobre a história, a geografia, a cultura, as pessoas e as curiosidades locais em seu *blog*.

4. O material coletado servirá para a **publicação de um livro** ao final das jornadas.

5. Durante a aventura, **Armando Arlindo** enviará novas instruções e missões a qualquer momento.

Obs.: O prêmio será suspenso caso as regras acima não sejam cumpridas.

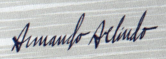

Corri para casa e comecei a pesquisar sobre a África em vários *sites*. Não tinha tempo a perder. Santo Google! Também consultei livros e mapas. Encontrei muita coisa legal!

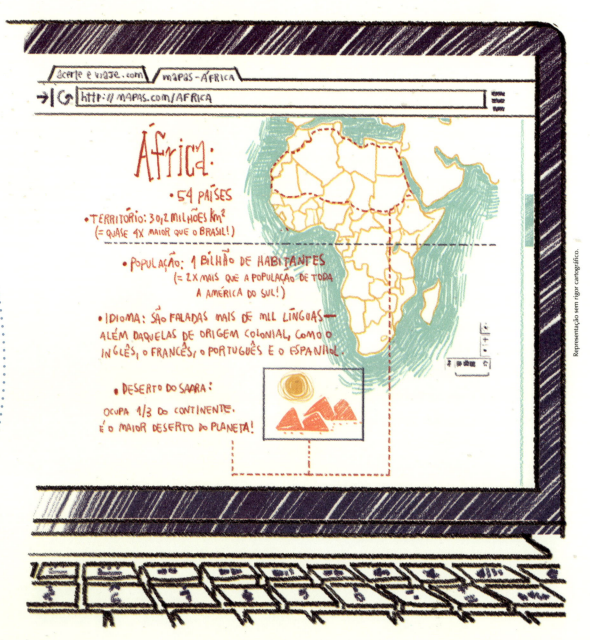

África:
- 54 PAÍSES
- TERRITÓRIO: 30,2 MILHÕES km² (= QUASE 4X MAIOR QUE O BRASIL!)
- POPULAÇÃO: 1 BILHÃO DE HABITANTES (= 2X MAIS QUE A POPULAÇÃO DE TODA A AMÉRICA DO SUL!)
- IDIOMA: SÃO FALADAS MAIS DE MIL LÍNGUAS — ALÉM DAQUELAS DE ORIGEM COLONIAL, COMO O INGLÊS, O FRANCÊS, O PORTUGUÊS E O ESPANHOL.
- DESERTO DO SAARA: OCUPA 1/3 DO CONTINENTE. É O MAIOR DESERTO DO PLANETA!

Representação sem rigor cartográfico.

Eu estava com a mochila pronta para voar para a África, um continente fantástico, com muitas ligações históricas e culturais com o Brasil. Porém, uma coisa muito séria me incomodava: para qual país, exatamente, eu viajaria? Foi aí que meu celular começou a vibrar.

Armando Arlindo
Aqui Armando Arlindo. Tudo bem? Amanhã, vc deve chegar às 13h 🕐 no Aeroporto Internacional de Guarulhos, em SP, ok?

Vou pra onde? 😳

Armando Arlindo
Como eu disse na TV, 😃 vc vai pra África.

Mas para q lugar da África? 😰 Lá tem 54 países!

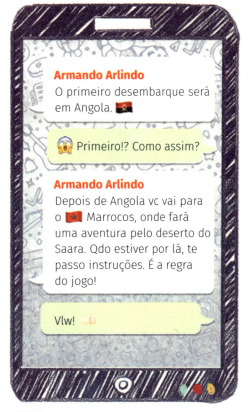

Armando Arlindo
O primeiro desembarque será em Angola. 🇦🇴

😱 Primeiro!? Como assim?

Armando Arlindo
Depois de Angola vc vai para o 🇲🇦 Marrocos, onde fará uma aventura pelo deserto do Saara. Qdo estiver por lá, te passo instruções. É a regra do jogo!

Vlw! 👍

Representação sem rigor cartográfico.

23

3. Me leva, candonga

Ao descer no aeroporto de Luanda, a capital de Angola, meu coração disparou. Diante de mim, um mundo novo estava prestes a ser explorado. Eu teria muito para ver e aprender. Logo depois de pegar a bagagem, meu celular vibrou. Eram as instruções de como chegar ao hotel onde eu ficaria hospedado. Seguindo as dicas, embarquei numa candonga. A *van* estava tão lotada que nem mesmo uma sardinha magrinha caberia ali dentro.

Luanda acordou frenética na manhã da minha chegada, mergulhada em um trânsito de arrepiar os cabelos. No fundo, no fundo, vou admitir, eu curtia toda aquela agitação, a candonga azul e branca empoeirada e abarrotada. Os passageiros apertados. O rádio no último volume: a música marcada por tambores convidava pra dançar. Pela janelinha, a paisagem passava lá fora como se fosse um filme.

Embalado pelo som, me sentia o protagonista de um videoclipe. Não um videoclipe qualquer. Mas um bem legal, cheio de estilo, câmeras espertas, com mulheres desfilando seus turbantes e vestidos estampados. Uns meninos dançando no meio da rua; os pedestres de queixo caído com a agilidade do bailado dos garotos.

Corta! Fim do videoclipe.

Volta à realidade.

Candonga

No interior da candonga, o desconforto parecia não existir. Alguns passageiros – incluindo o **CANDONGUEIRO** – sacolejavam os ombros e a cabeça no ritmo contagiante da percussão e da voz rouca do cantor:

> "Mariquinha, vem comigo pr'Angola
> Vem ver minha terra, minha gente
> Acabar com a guerra, sim de verdade (...)
> Com liberdade pra sermos felizes".

Nesse embalo e umas três horas mais tarde, depois de ficar entalado no tráfego, saltei em frente ao hotel. Estava feliz, mas me sentia um bagaço com a longa viagem. O melhor a fazer seria tirar o dia para o descanso merecido.

Depois de passar pela burocracia do hotel – preencher um longo formulário de chegada, mostrar passaporte e assinar papéis – finalmente peguei a chave do apartamento. Subi de elevador e, ao abrir a porta, o meu corpo pedia, nessa ordem: um banhão e uma cama para me jogar. Mas a curiosidade era

Candongueiro: motorista de candonga.

Agora que voltamos para Angola, eis o significado de **puto**: garoto.

25

maior do que o cansaço. E para matá-la – e também para cumprir as regras do programa –, abri meu computador e digitei: música angolana. Fuça daqui e dali, acabei encontrando a trilha sonora (real) do meu videoclipe (imaginário). Postei no *blog*:

O SEMBA do Bonga

O cantor Bonga, famoso em toda Angola, é um importante intérprete de semba. Não falo de samba, mas de um estilo musical nascido em terras angolanas.

Uma de suas músicas mais conhecidas é *Mariquinha*, que pode ser ouvida aqui: www.youtube.com/watch?v=syW2nhW0CTA

E neste link dá para assistir ao Bonga em um show de semba: https://www.youtube.com/watch?v=3x5-f8ZreZ4

Que som original! Angola é fixe, sim senhor! Ah, já ia me esquecendo: **fixe** significa bacana.

© Anton_Ivanov/Shutterstock

© Sadaka Edmond/Sipa Press/Keystone Brasil

carregar mais...

Copyright © 2016 • DE CARA COM O MUNDO
Todos os direitos reservados. É proibida a reprodução total ou parcial sem a autorização expressa do autor.

Links acessados em: 10 ago. 2016.

Olha só as fotos que fiz de Angola!

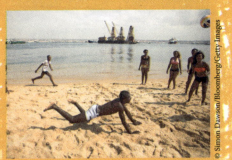

Animado com a música angolana, mergulhei nas pesquisas sobre o país, que resultaram em textos que me seriam úteis para entender o lugar que eu visitava.

Continente fatiado

Angola é a terra de origem da maioria dos africanos que foram escravizados e levados à força para o Brasil. A arquitetura colonial portuguesa ainda pode ser vista em antigas casas e prédios no centro velho de Luanda – que lembra um pouquinho a capital baiana, Salvador.

Na África, além de Angola, faziam parte da Coroa portuguesa Cabo Verde, Moçambique, Guiné-Bissau e as ilhas de São Tomé e Príncipe. Outros países da Europa também ocuparam o continente, dividindo-o de acordo com seus interesses.

O mapa com as fronteiras das nações africanas, como conhecemos hoje, é resultado de uma partilha entre os europeus no século XIX. Assim, o Congo foi presenteado à Bélgica; parte do oeste ficou com a França; leste e sul, com a Inglaterra. Portugal manteve as colônias que já tinha no oeste e sudeste. Alemanha, Espanha e Itália também garantiram belos nacos de terra espalhados pelo território africano.

carregar mais...

Copyright © 2016 • DE CARA COM O MUNDO
Todos os direitos reservados. É proibida a reprodução total ou parcial sem a autorização expressa do autor.

28

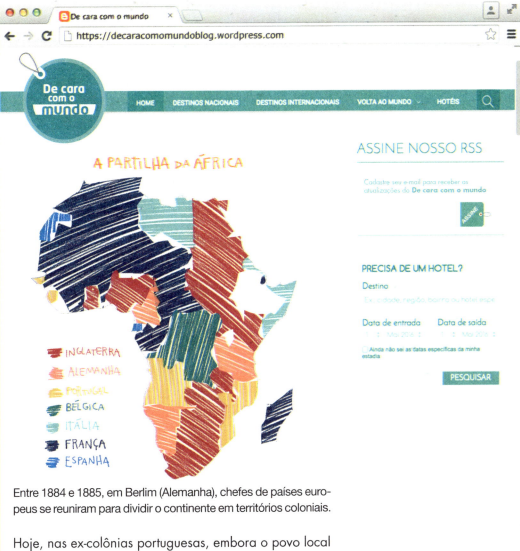

Representação sem rigor cartográfico.

Entre 1884 e 1885, em Berlim (Alemanha), chefes de países europeus se reuniram para dividir o continente em territórios coloniais.

Hoje, nas ex-colônias portuguesas, embora o povo local fale vários dialetos e idiomas, o português prevalece como a língua oficial. Em Angola há mais de 20 línguas em uso. A mais falada é o umbundo. Do quimbundo, veio a palavra "N'gola" – um antigo reino local, que deu origem ao nome do país.

29

Apaixonei-me pela sonoridade e pela força de várias palavras do umbundo. Especialmente aquelas que identificam lugares e cidades. Para começar, o nome da capital soa aos ouvidos como título de poesia, de música romântica: Luanda!

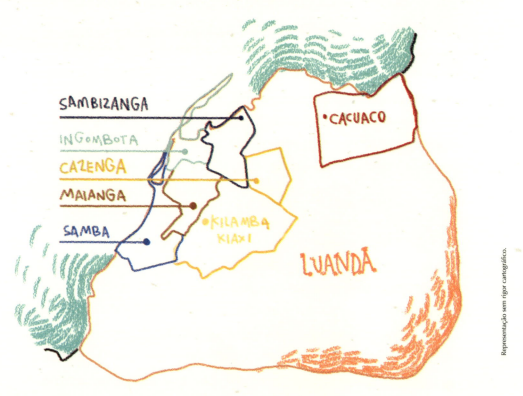

Representação sem rigor cartográfico.

Pois nessa cidade caminhei por ruas, bairros e distritos de nomes sonoros: Maianga e Ingombota. Kilamba Kiaxi e Samba. Cazenga, Sambizanga, Cacuaco. Não dá vontade de morar numa cidade com nome arredondado, como Lubango ou Huambo? Benguela ou Cabinda?

Não necessariamente em umbundo, mas também me deparei com nomes de pessoas bem curiosos: Papel, Felizardo, Sabonete, Dona Prudência, Capitão Sapato...

Epa!!! Me distraí com tanta história e já ia me esquecendo: vamos voltar ao Capitão Sapato.

4. Hora de vazar!

Já bem próximo de cruzar os portões de entrada do Comando Geral da Polícia Nacional de Angola, inspirei coragem até sentir os pulmões bem cheios dela.

Eu só queria, de alguma forma, acabar com o medo, que fazia meu coração TUM-TUM... TUM-TUM...

– Capitão Sapato, Vossa Excelentíssima vai me desculpando, mas o que fiz de errado?, perguntei.

De repente, o soldado parou de andar.

– Ora, sabias que não podes sair a torto e a direito pelas ruas, a tirar fotografias dos prédios nacionais?

– Nem de longe imaginaria uma proibição desse tipo...

– Aquele edifício que estavas a fotografar é o Palácio das Comunicações, que pertence ao Governo Nacional de Angola.

– No meu país não é proibido fazer fotos de prédios. E aquele edifício é tão bonito. Merece ser fotografa...

Ndabrar: enganar

Brazuka: brasileiro

Bumbar: trabalhar

Fui interrompido pelo militar. Tive que engolir as palavr...

– *Opá!* Queres me ALDABRAR? Aqui temos leis, que estão na Constituição da República d'Angola! Tás a ver? Não se pode fotografar como bem entendes. Podes me mostrar vosso passaporte?

– Melhor ficar quieto. – pensei.

Tirei o passaporte de uma bolsinha de pano, pendurada no pescoço e escondida debaixo da camisa. Dentro da bolsinha, confeccionada com carinho pela minha mãe, tinha um santinho com a imagem de São Cristóvão, o protetor dos viajantes. Notei que o Capitão Sapato esticou os olhos cheios de curiosidade para ver o que eu guardava ali. Mas não dei mole, tive o cuidado de pegar somente meu documento de viagem.

Capitão Sapato folheou as páginas do passaporte. Examinou o visto de entrada em Angola e a minha foto. Mediu-me do alto da cabeça até a ponta dos pés para se certificar de que eu... era eu. Um pingo de suor gelado escorreu da minha testa.

– Então és BRAZUCA! *Opá!* Estás a BUMBAR aqui, estás a passear, ou o quê?

– Estou a turismo, senhor. E, como disse, resolvi fotografar porque quero registrar o país que estou conhecendo...

Por um tempo, ficamos parados diante do comando da polícia. Eu estava inquieto. Se o Capitão Sapato já tinha aquela cara de mau, o chefe dele não deveria ser nada amigável.

Mais uma vez inspirei, enchi os pulmões de coragem. E pressionei ON: liguei a câmera fotográfica, virando o pequeno visor de LCD para o militar.

Eu estava exaltado, uma pilha de nervos, falando sem parar.

– Puxa, como o Brasil é bonito! – disse o Capitão Sapato, pegando a câmera na mão. – Tem alguma foto do Rio de Janeiro? – perguntou.

– Tenho do Cristo Redentor, quer ver?

– *Ci-da-de... ma-ra-vi-lho-sa...* – Capitão Sapato cantarolou, desafinado.

Saquei que ele começava a relaxar. Até um sorriso formou-se na cara fechada.

– Vamos lá dentro, quero mostrar essas fotos para o **MÔ** chefe. O sonho dele é visitar Salvador, Rio de Janeiro, Belo Horizonte, São Paulo... Acho que ele vai gostar de te conhecer.

– Será? Não sei se é uma boa ideia. Preciso voltar para o hotel, estou cansado, cheguei ontem, caminhei bastante...

– Cansado, sei... – disse ele sem tirar os olhos das fotos.

– O senhor poderia devolver o meu passaporte? – arrisquei. Não tinha outra saída mesmo.

– Aqui está o passaporte. E a câmera. Mas lembre-se: nada de fotografar prédios públicos nacionais sem a devida autorização nacional das autoridades nacionais d'Angola. Estamos combinados?

– Claro, senhor. Só com a autorização nacional das autoridades nacionais...

Estiquei o braço, peguei o passaporte, meu equipamento... e vazei! Queria ficar o mais longe possível da polícia.

Ali, aprendi uma grande lição: quando se está longe de casa, a primeira coisa a fazer é saber quais são as leis e as normas de comportamento locais. As suas regras nem sempre valem em outras terras.

Mô: meu

35

5. Uma noite daquelas

Não fotografei mais os prédios públicos. Porém, passei a tarde *clic!*, registrando as avenidas, uma galinha ciscando na rua, carros abandonados, crianças brincando, as paisagens de Luanda – as bonitas e também as feias.

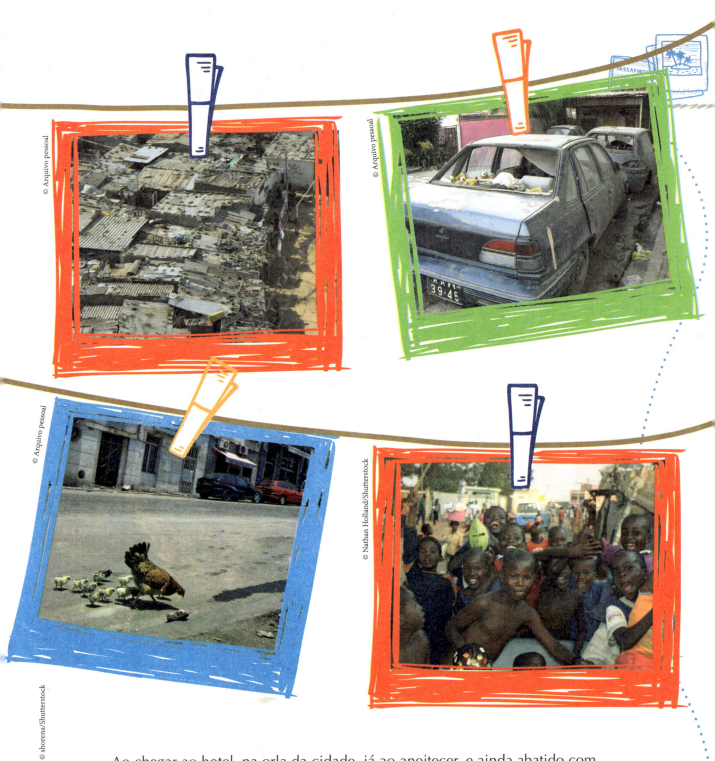

Ao chegar ao hotel, na orla da cidade, já ao anoitecer, e ainda abatido com a dura que eu levara do Capitão Sapato, uma péssima notícia: o elevador estava em manutenção. Subi pesado – degrau por degrau – até o meu apartamento, no décimo andar!

Já era tarde da noite, mas o calor bombava – apesar do apresentador do telejornal da TV Pública de Angola, a TPA, insistir que a temperatura era agradável. Estávamos no período do cacimbo. Os angolanos dividem as estações climáticas em apenas duas. A estação seca, quando não chove, é chamada de cacimbo, e vai de maio a agosto. Nessa época, é comum que Luanda passe seus dias sob uma névoa intensa. O céu fica pesado, cinzento. Na estação das chuvas, entre setembro e abril, as enchentes costumam atrapalhar a vida, especialmente de quem vive nos bairros pobres de ruas enlameadas.

Não ia ser fácil dormir com o ar quente que pairava sobre a cidade. Agora entendo por que o Capitão Sapato suava e pingava feito uma bica.

Para piorar, nos arredores do hotel ecoava um *blém! blém! tump! tump!* de matar. Operários chineses martelavam sem descanso, erguendo prédios e mais prédios, que brotavam da noite para o dia como cogumelos depois da chuva. Mesmo os **CALUANDAS** estranhavam a mudança rápida da paisagem urbana, invadida pelos novos edifícios de muitos andares e fachadas envidraçadas.

Sem conseguir pegar no sono, resolvi ler um pouquinho. E achei informações que me renderam mais um *post* – o que, de certa forma, ia garantindo as minhas obrigações com o *Acerte e Viaje*. Nada mal...

Caluanda: nascido em Luanda.

38

ÁFRICA CHINESA

Desde o início do século 21, Angola tem a China como principal parceiro econômico. O governo angolano adotou uma campanha de reconstrução de sua infraestrutura para consertar os estragos que as guerras provocaram na capital e no interior. Estradas, estações elétricas, fornecimento de água, moradias, sistemas de comunicação..., tudo precisa ser refeito.

Assim, milhares de chineses começaram a descer no aeroporto de Luanda para trabalhar na construção civil, e também para fazer serviços menores, como pintar casas e consertar encanamentos. Na minha chegada, vi filas e mais filas de chineses com os passaportes na mão, sem falar uma só palavra em português, mas com o sonho de fazer dinheiro na terra desconhecida. Uma vez autorizados a entrar no país, muitos vão viver em péssimas condições, abrigados em contêineres improvisados nos canteiros de obras.

Não é só em Angola que os chineses desembarcam. Governo e empresários da China têm projetos de mineração, de exploração de petróleo e de obras em quase todo o continente africano. Sem o mundo se dar conta, a potência asiática tornou-se uma fortíssima presença na África.

39

Kuduro: estilo musical dançante nascido entre os jovens das periferias de Luanda.

Aponte o celular com o leitor de QR Code*

Não bastassem o calor e os operários chineses em ação madrugada adentro, uma música no último volume retumbava em algum quintal próximo ao hotel. Curioso, fui até a janela com o plano de desvendar de onde vinha tanta animação. Ao longe vi um homem sem camisa, sozinho, uma garrafa de uma bebida qualquer na mão, sentado num banquinho em frente a duas imensas caixas de som. Vez ou outra mexia a cabeça na cadência da música. Era o dono da festa de uma pessoa só. Ele devia ter lá suas razões para ouvir **KUDURO** tão alto.

Resolvi checar os e-mails e o *Facebook*, na esperança de ler alguma boa nova para me esquecer de que quase fui preso. Liguei a TV, zapiei até parar num canal qualquer e liguei o computador. Uma mensagem do apresentador Armando Arlindo saltou na tela:

Armando Arlindo

Ericksson Martinho, um colega meu e produtor de cinema, vai te procurar no hotel. Ele te acompanhará por um passeio pela capital angolana. Esteja pronto às 7. Este é ele, na foto. Ah, manda um abraço para o rapaz, quer dizer o gajo!

© Arquivo pessoal

👍 Curtir   💬 Comentar   ↗ Compartilhar

Agora, o cansaço me pegou de jeito. Me joguei na cama, sem forças para arrancar as roupas. No restante dos dias de minha estadia ali, as madrugadas obedeceram à rotina: calor, kuduro nos alto-falantes do vizinho, chineses martelando BLÉM--BLÉM-TUMP-TUMP!...

* Acesse também através dos *links*: https://youtu.be/m0-0BvObEu8 e https://youtu.be/ADOlH6a6YQA (acessos em: 10 ago. 2016).

6. Conversas para mata-bichar

Bem cedo, às 6 horas, o despertador do celular me arrancou da cama. Caminhei até a janela. Observei os primeiros raios do sol iluminando a cidade. Ao longe, o mar banhava uma estreita faixa do litoral da Ilha de Luanda, onde há praias, bares e divertimento garantido nos finais de semana.

Desci para o café da manhã.

– Vai querer seu pequeno almoço agora? Perguntou-me a simpática garçonete.

– Pequeno almoço?

– É a primeira refeição do dia... café, pão, leite... Aqui falamos pequeno almoço ou MATA-BICHO. Ya?

– ... gostei!

– De manhã é hora de mata-bichar, matar o bicho que logo cedo quer nos devorar por dentro! – Ela escancarou um sorrisão, exibindo os belos dentes.

– Qual o seu nome? Você é de Luanda?

Mata-bicho: café da manhã

41

— Pode me chamar de Magui. Não sou angolana. Nasci em São Tomé e Príncipe.

— São Tomé e Príncipe! Claro, vi no mapa.

— É um lugar lindo, com florestas, praias desertas... Tenho saudades dos meus pais, tios, primos que vivem lá. É o menor país africano, sabia? Fica na costa oeste. Tem uns 200 mil habitantes.

— Só 200 mil? Quero morar lá! E o que você faz aqui, tão longe de casa?

— Vim em busca de trabalho, de uma vida melhor para criar meus filhos. E Angola está a crescer, ya? – disse ela, com entusiasmo.

— "Está a crescer"?

— Ya! Está a crescer!

Angola, aprendi mais tarde, é um dos países que mais se desenvolvem na África. O petróleo e o diamante são as principais fontes de riqueza do país. É um dos cinco maiores produtores dessa pedra preciosa no mundo, e quanto ao petróleo, exporta para grandes consumidores, como os Estados Unidos e a China.

Magui e seu sorrisão

No salão do café, enquanto os hóspedes mata-bichavam, ouvia-se um programa de rádio com as primeiras notícias do dia.

42

RÁDIO NACIONAL DE ANGOLA

Locutor:
— APESAR DE ANGOLA SER UM PAÍS RICO EM RECURSOS HÍDRICOS, O ACESSO À ÁGUA É UM PROBLEMA SÉRIO. VAMOS CONVERSAR AGORA COM O REPÓRTER CARLOS CAPITANGO, QUE ESTÁ EM CABINDA, NORTE DO PAÍS. CAPITANGO, QUAL A NOVIDADE POR AÍ?

Repórter:
— ESTANISLAU, NÃO ESTOU A TE OUVIR! ESTÁ UMA CHIADEIRA DANADA! *BRRRZZZZSSSCHIIIIIIIIII...*

Locutor:
— CAPITANGO? ESTÁS A ME OUVIR?

Capitango:
— AGORA, SIM! BOM DIA, ESTANISLAU! ESTOU EM CABINDA, ONDE FICA A FLORESTA DO MAYOMBE. MEU ASSUNTO AQUI É A ÁGUA, UMA GRANDE PREOCUPAÇÃO EM TODO O PAÍS.

Locutor:
— QUAL É A MAKA... QUER DIZER, PROBLEMA?

Capitango:
— NÃO ESTOU A TE OUVIR! NÃO ES... *BRRRZZZZSSSCHIIIIIIIIII...*

Locutor:
— TEMOS UM PROBLEMA TÉCNICO. VAMOS AOS COMERCIAIS. JÁ VOLTAMOS.

(Comercial/Bolachas Delícia)

(ATENÇÃO TÉCNICA: Roda comercial/Bolachas Delícia)

(Voz de criança/filho)
— MAMÁ, ESTOU COM FOME! O QUE TEM PARA COMER?

(Voz da mãe)
— MÔ FILHINHO, MAMÃE COMPROU BOLACHAS DELÍCIA!

(Vozes de várias crianças, juntas, aos gritos)
— DELÍCIA! DELÍCIA!

(Voz grave do narrador)
— BOLACHAS DELÍCIA, AS PREFERIDAS DAS CRIANÇAS! E DAS MAMÃES TAMBÉM...

(Voz da mãe)
— AI QUE DELÍCIA! COMPREI UM PACOTE SÓ PRA MIM!

(Voz grave do narrador)
— NO SUPERMERCADO, NÃO SE ESQUEÇA: BOLACHAS? SÓ DELÍCIA! DELÍCIA: O BISCOITO DOS **MIÚDOS**.

(Trilha sonora de encerramento do comercial)

Miúdo: criança

Locutor:

— JÁ RESTABELECEMOS O CONTATO COM NOSSO REPÓRTER. CAPITANGO, NOS CONTE SOBRE A ÁGUA.

Capitango:

— AQUI NO NORTE DE ANGOLA ESTÁ EM IMPLANTAÇÃO O PROJETO "ÁGUA PARA TODOS", QUE PRETENDE TORNAR A ÁGUA ACESSÍVEL EM TODA ANGOLA. QUASE 80% DA POPULAÇÃO RURAL NÃO TEM ÁGUA NA TORNEIRA.

Locutor:

— NA CAPITAL, A ÁGUA TAMBÉM É ESCASSA. NEM TODOS TÊM ÁGUA ENCANADA...

Capitango:

— É VERDADE, MEU **CAMBA**...

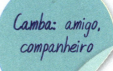

Camba: amigo, companheiro

Locutor:

— QUEM ESTÁ TE ACOMPANHANDO AGORA?

Capitango:

— ESTOU COM O CHEFE DO DEPARTAMENTO DE ÁGUAS DE CABINDA, FILIPE MABUKILA. E ENTÃO, MABUKILA, EM QUE PÉ ESTÁ O "ÁGUA PARA TODOS"?

Mabukila:

— PRECISAMOS INSTALAR CENTENAS DE CHAFARIZES, POÇOS E CAIXAS DE ÁGUA NO INTERIOR ANGOLANO. HOJE, VAMOS INAUGURAR UMA ESTAÇÃO DE ÁGUA, NUMA COMUNIDADE CHAMADA LUKULA ZENZE.

Capitango:

— E QUANTOS MORADORES SERÃO BENEFICIADOS?

Mabukila:

— UMAS 4 MIL PESSOAS. HOJE, ELAS CAMINHAM 15 QUILÔMETROS, COM BALDES NA CABEÇA, PARA BUSCAR ÁGUA. UM ABSURDO: 15 QUILÔMETROS! AGORA TERÃO ÁGUA NAS TORNEIRAS.

Locutor:

— OK! MUITO OBRIGADO. VAMOS AOS COMERCIAIS. JÁ VOLTAMOS!

(Comercial/ Bolachas Delícia)

(ATENÇÃO TÉCNICA: Roda comercial)

(Voz de criança/filho)

— MAMÁ, ESTOU COM FOME! O QUE TEM PARA COMER?

(Voz da mãe)

— MÔ FILHINHO, MAMÃE COMPROU BOLACHAS DELÍCIA!

No celular anotei o endereço eletrônico de algumas rádios. E também um *site* de notícias.

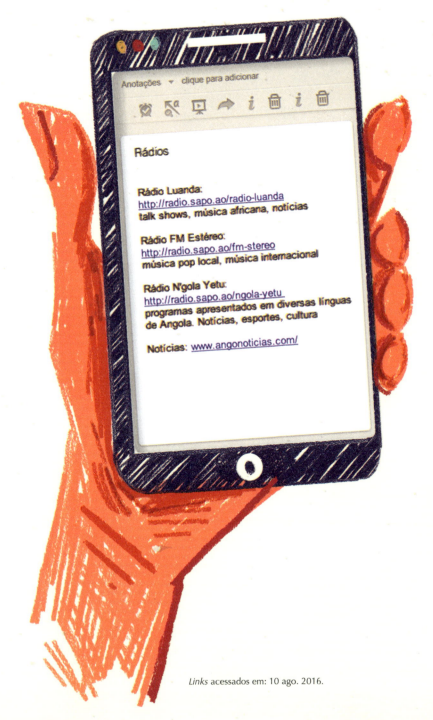

Rádios

Rádio Luanda:
http://radio.sapo.ao/radio-luanda
talk shows, música africana, notícias

Rádio FM Estéreo:
http://radio.sapo.ao/fm-stereo
música pop local, música internacional

Rádio N'gola Yetu:
http://radio.sapo.ao/ngola-yetu
programas apresentados em diversas línguas de Angola. Notícias, esportes, cultura

Notícias: www.angonoticias.com/

Links acessados em: 10 ago. 2016.

7. Conflitos pra todo lado

Malta: grupo de amigos

Viatura: automóvel

Enquanto me deliciava com uma fatia suculenta do ananás angolano (um abacaxi bem pequeno e doce como mel), que a Magui trouxera para eu experimentar, um rapaz esbelto, com a alegria estampada no rosto, cruzou o restaurante do hotel. Ele veio em minha direção, puxou uma cadeira e foi logo dizendo:

— O amigo deve ser o Tulio, ya?

— Sou eu mesmo! E você deve ser o Martinho!?

— Ya! É assim que a MALTA me chama. E então? Vamos dar uma volta pela cidade? Estou com a VIATURA pronta para rodar com o Tulio.

— Por onde começamos?

— Pelo largo do Primeiro de Maio, a praça onde uma multidão se reuniu para festejar o fim da guerra. Lá você verá a estátua do Agostinho Neto, o primeiro presidente de Angola.

— E quando a guerra acabou?

— A data eu guardo na memória: 4 de abril de 2002. Eu ainda era um miúdo, mas não me esqueço...

— Puxa, não faz tanto tempo assim!

— É verdade... Vamos, conto-te pelo caminho, ya?

— Ya!

Legal, a partir de agora eu iria usar o "ya", só pra tirar uma onda. Ya!

Acomodados na caminhonete com o ar-condicionado ligado no máximo, ouvi do meu novo amigo um pouco sobre o país – enquanto cruzávamos as ruas empoeiradas e congestionadas da cidade. Eu queria muito saber de Angola.

ANGOLA VEM SOFRENDO MUITO AO LONGO DO TEMPO. SÓ EM 1975, DEPOIS DE QUASE 500 ANOS COMO COLÔNIA DE PORTUGAL, É QUE NÓS CONQUISTAMOS A INDEPENDÊNCIA.

– Você sabia que o Brasil foi o primeiro país do mundo a reconhecer a independência de Angola? – Martinho me indagou.

– Não, não sabia...

– Pois é. O Brasil teve uma atitude muito bacana quando a guerra contra os portugueses chegou ao fim, em 1975.

– O que rolou?

– Um dia antes de Agostinho Neto tomar posse como primeiro presidente da nação livre, o governo brasileiro se adiantou e foi o primeiro país a reconhecer a autonomia de Angola.

– Dá-lhe Angola!

— Mas logo depois da independência, nosso país se afundou numa guerra civil devastadora.

— Como assim??? Quando terminaram os combates contra os portugueses... vocês emendaram outra guerra? De angolanos contra angolanos?

— Isso mesmo, um conflito armado entre irmãos, em disputa para governar Angola. O mesmo aconteceu em Moçambique e na Guiné-Bissau, também ex-colônias africanas de Portugal. Uma tristeza só.

Martinho parou de falar. Seus olhos marejaram.

— É... a guerra é terrível... – pensei. Eu só tinha visto guerra na TV e no cinema. Nem de longe eu conseguiria imaginar os horrores provocados por uma luta sangrenta.

Ele continuou:

— Paz, de verdade, só tivemos em 2002. E, como você deve ter visto, o país está trabalhando para recuperar o que a guerra destruiu. Reconstruindo estradas, ruas; erguendo edifícios, instalando redes de comunicação. Angola está a crescer!

— Já ouvi essa frase antes...

— Virou moda dizer "Angola está a crescer". É uma daquelas frases de efeito, sabe? Algum político, ou publicitário, criou esse *slogan* e ele grudou que nem carrapato.

Martinho fez um gesto com os dedos, desenhando aspas no ar. E emendou:

— "Está a crescer"! Mas, infelizmente, a maioria do povo angolano vive na pobreza, morando nos MUSSEQUES. A guerra foi cruel, BRÔ. Vou te contar o que aconteceu...

— Espere um pouco, quero gravar essa conversa.

Saquei o celular e apertei REC. Mais tarde, o bate-papo com o Martinho me rendeu um ótimo *post* sobre...

Musseque: favela, bairro muito pobre da periferia de Luanda.

Brô: Abreviação de "brother", em inglês. Gíria para "irmão".

50

...UMA BREVE HISTÓRIA DE ANGOLA E DOS ANGOLANOS LEVADOS COMO ESCRAVOS PARA O BRASIL

O primeiro europeu a pisar em Angola foi o navegador português Diogo Cão, em 1482. Conta a história que ele procurava um caminho marítimo para a Índia. E acabou topando na costa oeste africana, num lugar muito rico em recursos naturais, o reino do Congo. Esse antigo reino faz parte da atual Angola. Até a chegada dos invasores, os congoleses viviam em uma sociedade estruturada: tinham rei, rainha, administradores e comerciantes.

A partir do século XVI, o Congo tornou-se peça fundamental no tráfico de escravos controlado pelos portugueses. Logo, os colonizadores trataram de fundar cidades que serviriam de portos para exportar mão de obra escrava: primeiro Luanda, em 1575; em seguida, Benguela e Cabinda.

Ainda hoje, não se sabe a quantidade exata de africanos levados à força para o Brasil. Como se tratava de um negócio que envolvia violência, tráfico humano e bandidagem, os números ainda hoje não batem. De acordo com o Museu Nacional da Escravatura, em Luanda, cerca de 5 milhões de africanos cruzaram o Atlântico nos navios negreiros. Foram entregues, principalmente, nos portos de Salvador, do Rio de Janeiro e de Pernambuco. Desse total, quase 3,5 milhões eram angolanos! Isso sem contar que milhares e milhares de africanos foram mortos durante as caçadas por escravos. E outra grande quantidade perdeu a vida devido a doenças e maus tratos antes mesmo de desembarcar. Como disse o Martinho, morreu gente bué!

– BUÉ?

Bué: muito, bastante

Enquanto ouvia o Martinho, e aprendia o quanto a história e a alma do Brasil têm afinidades com a África, uma urucubaca sem tamanho cortou a conversa.

Nossa caminhonete deu um solavanco inesperado e engasgou bem no meio do trânsito infernal. O ar-condicionado parou de funcionar e logo sentimos na pele o bafo ardente de Luanda.

Martinho girou a chave na ignição... e nada!

– A gasolina acabou!

Ele deu um soco no volante, prevendo o deus nos acuda que nos aguardava.

Não demorou para virarmos alvo fácil dos motoristas irritados com o engarrafamento. Nervosos, eles dirigiam pela contramão e por onde houvesse o mínimo de espaço para movimentar seus carros. Recebemos tantas buzinadas e xingamentos que até quem estava no conforto dos apartamentos aparecia na janela para nos mandar um insulto qualquer. Um sujeito numa moto avançou com perigo entre os automóveis só para berrar na minha orelha:

– Êpá, assim tás a complicar! Tás a prejudicar o trânsito! Tás MALAIKE?

Malaike: mal, com problemas

E desapareceu zunindo pela calçada, apavorando os pedestres.

Tivemos que empurrar a caminhonete até achar uma vaga junto à calçada.

Em busca de gasolina, caminhamos quase uma hora. Atravessamos às pressas a agitada avenida Ho Chi Min, encaramos a poluída rua Samba e cruzamos a movimentada rua Benguela.

Numa praça, vi meninos sentados em caixotes de madeira, enquanto pintavam com base transparente as unhas de homens a caminho do trabalho. Martinho parou cinco minutos para fazer as unhas. Os caluandas são vaidosos.

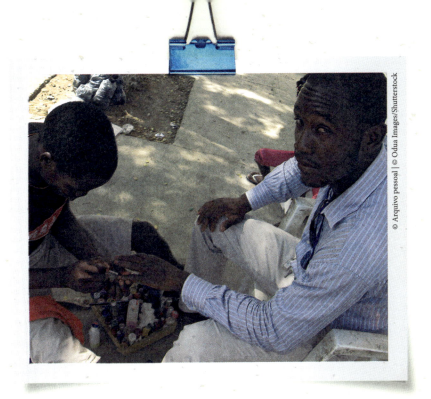

Pelo caminho, as placas de sinalização me chamaram a atenção. Além de indicarem o nome da rua, ofereciam uma explicação histórica em poucas linhas.

Numa via movimentada encontrei:

... Bem, havia um erro de grafia ali, o correto seria "Friedrich Engels". Acontece... Depois, seguimos pela Avenida Lenin.

Kumbu: dinheiro

Kwanza: moeda angolana

Carrinha: caminhonete pequena

E então avistamos um posto de gasolina.

A fila de automóveis à espera para abastecer era desanimadora, dava voltas no quarteirão. Alguns motoristas tiravam um cochilo enquanto aguardavam a vez.

– Dá pra entender? Exportamos petróleo, e mesmo assim temos pouquíssimos postos de abastecimento. O povo acaba prejudicado. Vamos ali à frente, conheço uma senhora que vende gasolina em garrafas *pet*.

Em Angola, como em muitos outros países africanos, as pessoas se viram como podem. O comércio de gasolina e óleo diesel é ilegal fora dos postos. Como os postos são escassos – e o desemprego é alto –, muita gente ganha seu KUMBU vendendo combustível no fundo do quintal.

Martinho comprou 5 litros de gasolina, pagou 500 KWANZAS – o equivalente a uns 20 reais.

Fizemos o caminho de volta, exalando cheiro de combustível.

Finalmente, depois de fazer o motor da CARRINHA funcionar, receber mais xingamentos e vaias, rodamos uns poucos quilômetros e, por sorte, estávamos próximos ao largo do Primeiro de Maio.

– Esta é a praça de que te falei. Aqui fizemos uma festa daquelas para comemorar a paz.

– Como se deu o fim da guerra? – perguntei.

– No dia 4 abril de 2002, foi assinado o acordo de paz entre as duas frentes com mais força política – e que lutavam entre si há quase três décadas. De um lado estava o MPLA (Movimento Popular de Libertação de Angola), e do outro, a UNITA (União Nacional para a Independência Total de Angola).

Pelo jeito, Martinho curtia narrar essa história, tão presente na vida dele.

– Fala-se que a guerra deixou mais de um milhão de mortos. Acho que foi mais... Sem contar os milhares de mutilados e crianças órfãs. Aqui em Luanda, onde moram mais de seis milhões de pessoas, se você perguntar, quase todo mundo tem um parente ou conhecido que morreu na guerra. Eu tenho.

– E como foi esse conflito entre o MPLA e a UNITA? Quem eram os chefões?

– Havia ainda um terceiro grupo, a FNLA (Frente Nacional de Libertação de Angola), mas foi desfeito. O MPLA, hoje o maior partido político do país, sempre esteve no poder, desde a derrota dos portugueses, em 1975. A UNITA queria governar, pois também tinha lutado pela independência. Como não houve acordo, as duas forças partiram para a luta armada. E só teve fim quando o líder da UNITA, Jonas Savimbi, foi morto em 2002. O presidente José Eduardo dos Santos é quem comanda o MPLA e o país desde 1979, quando assumiu o governo.

– Vocês têm o mesmo presidente... desde 1979?

— Ele é um dos líderes com mais tempo de presidência em toda a África...

— E aquela é a estátua do Agostinho Neto, que você disse?

— Sim. Ele foi nosso primeiro presidente. Assumiu o governo em 1975. Mas ficou doente e morreu quatro anos mais tarde. Além de guerrilheiro, era um poeta muito respeitado.

— Provavelmente tornou-se um herói da independência, né?

— Isso mesmo. Vamos BAZAR, que já vai escurecer e preciso te deixar no hotel.

Bazar: ir embora, sair.

NAQUELA NOITE, DEBRUÇADO NA JANELA DO QUARTO DO HOTEL, ADMIREI A LUA CHEIA BRILHANDO NO CÉU SEM NUVENS. A LUZ PRATEADA INUNDOU O MAR. DIANTE DA BELA PAISAGEM, FIQUEI PENSANDO COMO É LEGAL CONHECER NOVOS LUGARES.

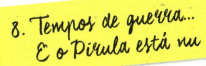
8. Tempos de guerra... E o Pirula está nu

Estava distante em meus pensamentos, refletindo sobre o monte de novidades que surgiam a todo momento, quando uma chamada no *skype* quebrou o clima.

57

Pela manhã, Martinho me aguardava no café do hotel.

Sentados à mesa, dividi minha preocupação com ele.

– Preciso da sua ajuda. Tenho que entrevistar um angolano de destaque, reconhecido pelo trabalho que faz...

– Deixe-me ver... Preciso fazer uns contatos.

Em menos de 10 minutos, enquanto tomávamos o matabicho, ele descolou uma solução.

– Vou te apresentar um cara muito especial. Ele lutou na guerra da independência e é um grande contador de histórias.

A bordo da caminhonete, encaramos o trânsito carregado da manhã na orla de Luanda. Passamos em frente ao agitado porto de Luanda e subimos uma ladeira. Lá do alto, vimos navios cargueiros e o Atlântico, azulzinho, sendo engolido pela linha do horizonte até sumir de vista. Chegamos ao topo do morro, ocupado por casas cercadas de muros ora altos ora baixos, onde também se concentram as embaixadas. O nome do bairro era sugestivo: Miramar.

Depois de uma curva à direita, Martinho estacionou. À minha frente, um sobrado branco, com um corredor comprido que levava ao quintal cheio de plantas.

Martinho apertou o *blim-blom! blim-blom!* Um homem de barbas grisalhas curtas e bem-feitas atendeu a campainha, nos recebendo com um sorriso que tinha algo de tímido.

Martinho se adiantou:

– Ele é o **KOTA** que queria te apresentar. Pepetela é um importante escritor de Angola. Melhor: um dos maiores da língua portuguesa!

Kota: pessoa mais velha ou um adulto que merece respeito.

ORA, ORA, NÃO É TANTO ASSIM... E QUEM É O CARÍSSIMO QUE TE ACOMPANHA? O NOBRE TEM JEITO DE SER BRASILEIRO.

58

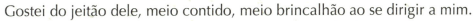

Gostei do jeitão dele, meio contido, meio brincalhão ao se dirigir a mim.

– O Pepetela tem vários livros publicados mundo afora. Acho que no Brasil também, estou certo?

– É, tenho livros no Brasil, sim.

– Ele já ganhou o prestigiado Prêmio Camões de literatura. E integrou as tropas angolanas durante a guerra da independência. Eu li um de seus romances, o *Mayombe*, sobre o dia a dia dos guerrilheiros.

– Mayombe é o nome da maior floresta de Angola – disse Pepetela.

Guerrilheiro, escritor..., realmente ele era "o cara". Viu e participou da história de Angola. Pepetela nos convidou para sentar no quintal. Protegidos pela sombra de uma árvore, sentindo o frescor da brisa que soprava do Atlântico, emendamos uma conversa das boas. A entrevista encomendada pelo Armando Arlindo estava garantida! Gravei tudo. Mais tarde registrei o bate-papo no *blog*.

59

Vida de guerrilheiro: as revelações do escritor Pepetela

Tulio – Me conta, como foi sua infância?

Pepetela – Eu nasci em Benguela. Praia e muito peixe! Foram infância e adolescência de muito contato com gente de todas as cores, particularmente em Benguela, que era conhecida como a "cidade mestiça". Negros, brancos, mulatos. Depois fui morar no Lubango, onde comecei a ter consciência social e política, devido à influência de um tio que me dava livros avançados para a minha idade.

T – É sério, mesmo, que você participou da luta pela libertação de Angola?

P – Pura verdade. Comecei a sentir a necessidade da independência quando notei as diferenças sociais e raciais entre as pessoas. Aos dezesseis anos participava

de reuniões onde se discutia a situação de Angola. Depois fui estudar em Portugal, pois em Angola não havia universidade. E aqui era proibido falar sobre política. Em Portugal, liguei-me a uma associação de estudantes das colônias portuguesas.

T – Era tipo... um grupo cultural?

P – Isso mesmo. Mas às escondidas fazíamos política. Quando começou a guerra, em 1961, um grupo de estudantes fugiu para a França. Eu também fui. Da França saltei para a Argélia, onde o Movimento Popular de Libertação de Angola (MPLA) me mandou estudar. Formei-me em Sociologia. Depois, o MPLA enviou-me para o Congo e de lá atravessei a fronteira para combater em Angola. Lutei até quando aconteceu a independência: 11 de novembro de 1975. Foi o fim de 14 anos de guerra.

T – Sua família é portuguesa, certo? Mas você se sentia mais português ou angolano?

P – Na escola, nos ensinavam a ser portugueses. Embora, como te falei, muito cedo comecei a entender que não era bem assim. Aos 15, 16 anos eu já sabia que não era nada português. Eu era angolano!

T – E existia muito preconceito pelo fato de você ser branco e português?

P – Quando a guerra começou, a luta era contra os portugueses. Mas em pouco tempo passou a ser uma batalha contra o sistema colonial. A partir desse momento, tornou-se mais fácil gente branca ser aceita sem desconfianças. Afinal, éramos todos angolanos e lutávamos pelo mesmo fim.

T – Sua família não achou estranho você entrar numa guerra contra Portugal?

P – Eles nunca souberam que eu estava em Angola, no meio do mato, combatendo. Pensavam que eu estava estudando na Europa. Depois de terminada a guerra,

carregar mais...

Copyright © 2016 • DE CARA COM O MUNDO
Todos os direitos reservados. É proibida a reprodução total ou parcial sem a autorização expressa do autor.

61

contei que estava combatendo. Minha mãe até ficou vaidosa me vendo fardado e ostentando ar de comandante...

T – Tem boas lembranças daquela época?

P – Ah, sim. Sobretudo da extrema solidariedade entre os combatentes, os amigos que estão sempre ao nosso lado, passando fome, frio, calor, sendo feridos, mas ajudando uns aos outros. Mas tenho também uma lembrança ruim...

(Pepetela fez uma pausa. Parecia que um filme de horror passava diante de seus olhos.)

P – Houve um ataque português e vimos uma aldeia em chamas. Quando chegamos para socorrer o povo, só havia cinzas. Corpos pra todo lado. Perdi ali uma pessoa muito querida. Não reconheci seus restos mortais no meio dos outros.

T – Você até podia ter seguido a carreira de militar..., mas virou escritor...

P – Na verdade, sempre escrevi, desde os primeiros anos da escola. Quando tinha uns 12 anos, li autores brasileiros como Jorge Amado, José Lins do Rego. Mais tarde, Graciliano Ramos. Acho que o primeiro romance que li foi *Capitães da areia*, do Jorge Amado. Dele, também li *Terras do sem fim*, que me marcou muito. *Vidas secas*, do Graciliano Ramos, é uma obra-prima.

T – Tem algum lugar no Brasil que é a cara de Angola?

P – A primeira vez que visitei Brasília, tinha chovido, cheirei o ar e disse: estou no Huambo, no Planalto Central de Angola. Se vou a Recife, reconheço a minha Benguela. Em Salvador, parece que aterrizei em Luanda dos anos 1970. No Pará é como se estivesse em Cabinda e em sua floresta, o Mayombe. O Ceará se pode confundir com o deserto do Namibe, no sul de Angola. E em Minas Gerais, as pessoas, a comida e o artesanato se assemelham a Benguela. Existe Angola, existe África em todo o Brasil!

Com um forte abraço de velhos amigos, nos despedimos de Pepetela e descemos pelas ruas calmas do bairro de Miramar em direção ao hotel. Sentia-me feliz, preenchido.

O sol já estava prestes a se pôr no Atlântico.

"Existe Angola, existe África em todo o Brasil". Eu pensava na frase de Pepetela quando o celular tremeu no meu bolso.

Uma mensagem do Armando Arlindo saltou na telinha.

Chegara a hora de partir. Martinho dirigia a caminho do hotel. Pela janela, eu via passarem as ruas, as candongas lotadas, as zungueiras a oferecer bugigangas nos semáforos, as mulheres vestidas em panos coloridos. Meu coração apertou. A saudade de Angola bateu.

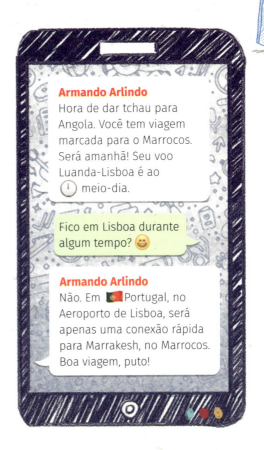

Armando Arlindo
Hora de dar tchau para Angola. Você tem viagem marcada para o Marrocos. Será amanhã! Seu voo Luanda-Lisboa é ao 🕐 meio-dia.

Fico em Lisboa durante algum tempo? 😃

Armando Arlindo
Não. Em 🇵🇹 Portugal, no Aeroporto de Lisboa, será apenas uma conexão rápida para Marrakesh, no Marrocos. Boa viagem, puto!

Pela manhã, antes de deixar o hotel em direção ao aeroporto, já com a mochila nas costas, vi por acaso, pela porta semiaberta da cozinha, a Magui enxugando a louça. Alegre, cantarolava alguma coisa. Talvez, uma canção de São Tomé e Príncipe. Um menino usando boné de aba reta estilo *rapper* americano, de uns seis anos de idade, brincava com um boneco sem braço do Superman. O pirralho atravessou a cantoria.

– Mãe?

– Hã...

– Amanhã... que dia vai ser?

– Quarta-feira.

– O dia todo?

– É. Será quarta-feira o dia todo.

– Começa cedo, ya?

– Ya, começa bem cedo.

– Tipo, que horas começa a quarta-feira?

– Ah, sei lá. Começa quando termina a terça-feira, ya?

– Mãe?

– Hã...

– Sabe o coiso?

– Que coiso?

– O coiso..., o Pirula.

– Que Pirula, menino?

– O Pirula, aquele grandão de sete anos que anda pelado na rua.

– Sei não..., nunca vi mais feio.

– Então, lá na casa do Pirula, ele me disse que todo dia é sábado. Só que começa tarde, ali pela hora do almoço.

Magui fez beiço para assobiar, e assobiou desafinada. Cantarolou lá-lá-lá-lá-lá, e voltou à louça e à canção interrompida.

Nesse instante, entrei na cozinha para me despedir. Ela me abraçou, beijou meu rosto com timidez, e deixou uma lágrima escorrer. Eu também me emocionei.

> Coiso: expressão muito usada quando não se sabe, ou não se lembra, o nome de uma pessoa.

– Tchau Magui! Angola está a crescer, ya?

– Ya! Não vá ficar com fome durante a viagem, leve esse saquinho de **GINGUBA**.

O menino interrompeu.

– Mãe, tem bolacha Delícia?

– Você já comeu um pacote sozinho. Para sua sorte eu comprei um pacote para mim, mas vou dividir com você!

O filho da Magui colocou o boné dele na minha cabeça, fazendo graça. No boné, vermelho e preto – as cores da bandeira nacional –, havia o desenho de uma **PALANCA NEGRA GIGANTE** e letras bordadas onde se lia: Basquete Angola. O time, o maior campeão de basquete de toda a África, dava orgulho para a molecada. Um timaço.

A despedida foi de cortar o coração. No Aeroporto Internacional 4 de Fevereiro não foi fácil para mim nem para o Martinho falarmos um simples tchau. A real é que ficáramos amigos.

– Não se esqueça de me enviar uma mensagem..., me chamar no *skype*, ya? Disse ele, enquanto me dava um forte abraço.

– E você também, ok?

– Estaremos sempre em contato.

Dentro do avião, testei todos os botões no braço da poltrona, chamei a aeromoça sem querer, pedi desculpas. Conferi os filmes disponíveis, mas não assisti a nenhum deles. Depois do jantar, me desliguei do mundo.

Ginguba: amendoim

Palanca negra gigante: animal encontrado apenas em Angola, onde é considerado símbolo nacional. É uma subespécie rara do antílope e está em sério risco de extinção. As seleções angolanas de futebol e de basquete são conhecidas como "os palancas negras".

Parte II: Marrocos

9. Perdido em Marrakesh

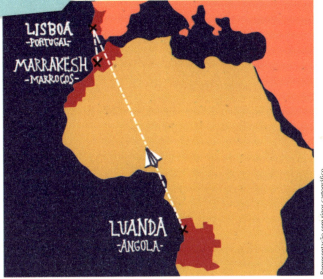

Representação sem rigor cartográfico.

A primeira luz do dia invadiu o interior do avião.

Um tanto sonolento, com uma vontade danada de escovar os dentes, ouvi o aviso do comandante do voo. Primeiro em inglês, depois em espanhol e em francês. Curti muito a última fala, em árabe, apesar de não entender lhufas.

Parecia sonho. Em breve, estaria pisando em Marrocos! O piloto fez o último comunicado.

Shukran: obrigado

DENTRO DE INSTANTES POUSAREMOS NO AEROPORTO INTERNACIONAL DE MENARA, EM MARRAKESH. SHUKRAN.

61

Encarei uma fila enorme que serpenteava até os guichês da imigração. Pelas roupas, idiomas diferentes, notei que ali havia gente de todos os cantos do mundo. Turistas, árabes de turbante, *punks* de cabelos espetados, monges budistas. Um surfista tatuado e sua prancha, mulheres de rostos escondidos pelos véus, uma banda de *rock* entulhada de instrumentos musicais.

Tentava me distrair com essas pequenas observações, porque uma certa angústia me sufocava. Desde que eu saíra de Angola, não havia recebido uma mensagem sequer do Arlindo. O que eu faria quando pisasse fora do aeroporto de Marrakesh?

– Você fala inglês? A agente da imigração dirigiu-se a mim, meio grossa.

– *Yes, I do*.

– Passaporte!

No susto, entreguei o documento. A mulher, com olheiras enormes que denunciavam que passara a noite em claro carimbando vistos de entrada no país, observou com atenção minha foto no passaporte. Examinou página por página.

– Primeira vez em Marrocos? – ela perguntou.

– Sim, senhora.

– *Hummm...*

Fique calmo, pensei, a última palavra é sempre dela, responda só o que for perguntado.

– Está vindo de onde?

– Estou vindo de Portugal.

– Veio a passeio, a trabalho..., estudar?

– Vim a passeio.

– *Hummm...* – ela resmungou, sem mover os lábios.

Stamp! Respirei aliviado, o passaporte fora carimbado. Com o visto em mãos, tecnicamente significava que eu já estava em terras marroquinas. Apesar disso, eu não tinha a mínima ideia do que fazer. Ou para onde ir.

Depois de pegar a mochila na esteira, cruzei a imensa porta de vidro para ser lançado em outro mundo. Pelo saguão gigantesco milhares de pessoas se apressavam para pegar seus voos ou encontrar parentes vindos de longas viagens. Os nomes das cidades e os horários de chegadas e partidas se alternavam frenéticos nos painéis: Londres-Frankfurt-Lisboa-Dacar-Cairo-Istambul-Pequim... Isso tudo me deixava ainda mais agitado.

Foi então que uma mensagem salvadora pipocou na tela do meu celular.

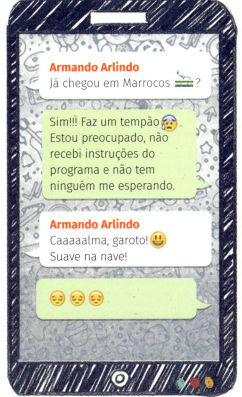

Passei por uma sala de orações: nunca imaginei que encontraria uma mesquita dentro de um aeroporto. Para minha tranquilidade, vi um bigodudo segurando uma plaquinha. "Mr. Julho/Brasil". "Julho"? Só podia ser eu. Aproximei-me.

– Julho? – perguntou o bigodudo.

– Tulio! – corrigi, achando graça do erro e Julho nem é nome, é mês!

– **YÁLAH**, **YÁLAH**! – Mustafá pegou minha bagagem e logo eu estava acomodado no banco da frente de seu velho táxi amarelo desbotado.

Marrakesh amanhecera debaixo de um céu nublado. Mas não havia sinais de chuva. Mais tarde, descobri que se

Yálah: vamos!

tratava de nuvens de poeira do deserto do Saara, soprada sobre a cidade – um fenômeno comum por ali. A poeira suspensa, no entanto, em nada tirava a beleza das ruas percorridas pelo táxi do Mustafá. Palácios, mesquitas, bairros modernos em contraste com muralhas medievais se exibiam a cada esquina.

Meus olhos se perdiam na nova paisagem, quando fui despertado por um chamado inesperado.

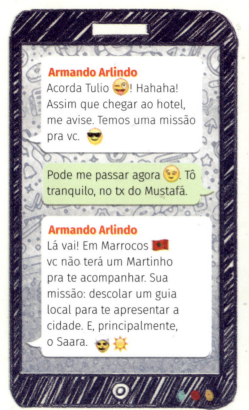

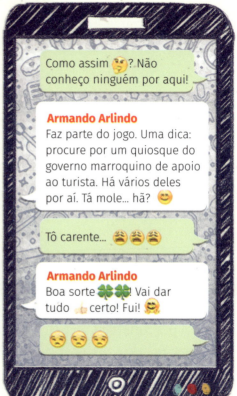

Mustafá deu uma freada tão brusca que quase bati a cabeça no vidro do carro. Chegamos! – ele avisou.

O hotel ocupava a antiga casa de um mercador, preservada com seu pátio central florido, onde havia mesinhas ocupadas por hóspedes lendo os jornais do dia. A localização me agradou: próximo a uma praça digna dos contos das "mil e uma noites" (que eu conheceria mais tarde), onde engolidores de escorpiões, encantadores de serpentes e ilusionistas são figuras tão normais quanto um inocente pipoqueiro em parques de diversão.

Minha nova missão não me saía da cabeça. Mal larguei a mochila no quarto, desci as escadas em direção às desconhecidas, e um tanto misteriosas, ruas de Marrakesh.

No final da manhã, debaixo de um sol de fritar, entrei pela primeira vez numa medina, a área comercial e residencial cercada por antigas muralhas – um cenário comum em cidades árabes.

Assim que pisei ali, compreendi que a medina era um labirinto de vielas. Sem fim nem começo. Tarde demais: me perdi no emaranhado de bazares e becos mal iluminados, onde o sol, muitas vezes, não encontrava frestas para entrar. Vendedores me abordavam a cada passo.

Sentia-me na Torre de Babel, um lugar mágico e poliglota. Os comerciantes se arriscavam em vários idiomas para se entender comigo. Queriam me vender sapatos de bico fino como os de Aladim, tapetes, casacos de couro, temperos..., qualquer coisa. Ou, simplesmente, ofereciam uma xícara de chá perfumado. Foi quando um garoto de uns quinze anos, vestido em um uniforme escolar, se arriscou, em inglês:

– Precisa de ajuda para andar pela medina? Você vai se perder logo, logo...

– Ficar perdido aqui deve fazer parte da vida em Marrakesh. – Ele sorriu.

– Procura algo em especial?

– Não... ah, quer dizer, procuro sim. Você sabe onde há um posto de turismo?

– Sei, sim. No meu caminho para a escola tem um. Te deixo lá. *Yálah*!

À nossa frente eu via um intrincado conjunto de ruelas cortando os exóticos *souks* – os mercados apinhados de lojinhas de comida, roupas, prataria..., uma profusão de artesanatos. Andar pelas vielas foi uma aventura. Muitas vezes éramos obrigados a nos encostar nas paredes para dar passagem a motos, burros, bicicletas e carregadores de mercadorias que gritavam pedindo passagem: "balak! balak!" (sai da frente! sai da frente!).

De repente, ao virarmos numa das ruazinhas, senti um golpe tão forte que até hoje não sei se acertou direto no meu nariz ou no estômago. Quase fui a nocaute.

72

10. Abdul

Por alguns segundos fiquei zonzo, achei que ia desmaiar. Sinceramente, aquele foi o lugar mais fedido que já entrei em toda a minha vida. Tapei o nariz, o estômago revirou. O mau cheiro era insuportável.

— Que catinga brava é essa, Umar? (Esse era o nome do garoto). Onde estamos?

Ele riu da minha reação. Certamente o nariz e o estômago de Umar estavam acostumados àquele azedume.

— Estamos em um curtume, onde o couro é preparado e tingido, para depois virar roupas, sapatos, bolsas, um monte de coisas. É uma atividade muito antiga em Marrakesh.

— Antiga... quanto?

— Coisa de mil anos.

— Uau! E de onde vem essa "fragrância francesa"?

— Os abatedouros enviam para cá peles de vaca, de carneiro, de cabra, de camelo... Mas elas chegam com restos de pelos, carne e gordura grudados. Daí precisam ser limpas com produtos químicos de cheiro muito forte, como a amônia e a cal. Sem falar que ficam expostas ao sol, o dia inteiro.

Enquanto Umar falava, com uma das mãos eu tapava o nariz e com a outra espantava os mosquitos.

73

— Ah, até cocô de pombo é usado para amolecer o couro... As técnicas são bem antigas.

— *Arghhh!*

— E dentro desses tanques eles tingem o couro. Em Marrocos você vê objetos de couro por toda parte.

— Ok! E que tal continuarmos nosso caminho?

Antes de deixar o curtume, fiz umas fotos. Não podia deixar de registrá-lo. Sofri, mas aquilo de perto foi uma experiência inesquecível.

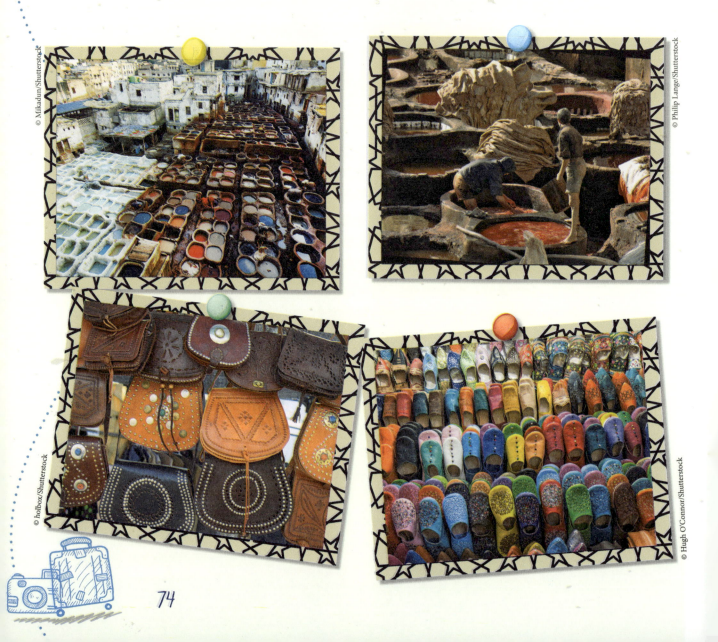

Outras tantas vielas e bazares adiante, Umar despediu-se de mim.

– Daqui prossigo para a escola. Logo ali está o posto de turismo.

Ele apontou para uma lojinha com paredes pintadas de vermelho e verde, as cores da bandeira do país.

– Valeu! Quem sabe não nos vemos por aí?

– **Inshalláh**!

– Se Deus quiser – ele disse. Essa seria uma expressão que eu ouviria todos os dias em Marrocos. Umar ainda fez um gesto habitual entre os homens: bateu a mão aberta no lado esquerdo do peito, sobre o coração, e me dirigiu um sorriso. Uma saudação à amizade, ao respeito. Repeti, intuitivamente. Umar apertou o passo até desaparecer na multidão que inundava as vielas.

Cruzei a rua e entrei na agência de turismo. O atendente de calças jeans, sandálias de couro e túnica branca até os joelhos se aproximou.

– Olá, posso ajudar?

– Sim. Preciso de dicas sobre a cidade e o melhor caminho para chegar ao deserto do Saara.

– Calminha, amigo... Vamos por partes... Primeiro, que tal uma xícara de chá?

Ele tinha razão. Nada de pressa.

Sentados diante de um bule fumegante que expelia o doce aroma da hortelã, o rapaz se apresentou. Uma apresentação completa, diga-se.

– Sou guia de turismo e estudo história na universidade. Quando tenho um tempinho livre, ajudo minha família numa pequena loja de doces aqui no *souk*. Ah, meu nome é Abdbulah Benchaíra. Mas pode me chamar de Abdul, ok? E você, de onde é?

– Sou do Brasil.

Abdul engas... *glup* com o chá. Deu-me um abraço apertado e disse ser fã de craques brasileiros como Pelé, Zico, Ronaldo, Neymar... Os marroquinos amam futebol!

Inshalláh: se Deus quiser.

75

– Me fale dos seus planos no Marrocos – disse ele entre um gole e outro do chá.

– Posso organizar o roteiro que quiser. Estou aqui para isso.

Senti firmeza em Abdul e me animei. Afinal, eu já estava a ponto de cumprir a missão determinada pelo Arlindo: descolar um guia para explorar o país.

– Quero conhecer Marrakesh, mas pretendo viajar primeiro para o Saara.

– Muito bem! Vamos já fazer um roteiro?

– Veja bem... Acabei de chegar de uma longa viagem de Angola e preciso descansar um pouquinho...

– Claro, *brô*. Podemos conversar às 5 da tarde na casa de chá Casablanca. Fica na praça Djemaa el-Fna. Todo mundo conhece, é só perguntar. Estarei lá e tomamos um chá. Inshalláh!

"Como eles gostam de chá, meu Deus!" – refleti com meus botões.

Meu plano era voltar para o hotel e tirar uma soneca. Porém, o mercado com suas cores e o movimento das pessoas pra lá e pra cá me encantaram tanto que o tempo voou. Acabei trocando o descanso pela curiosidade em caminhar a esmo.

ÀS CINCO DA TARDE, COM O PÔR DO SOL SE ANUNCIANDO, EU ESTAVA SENTADO NUMA MESA DO TERRAÇO DO CASABLANCA. À MINHA FRENTE, UM BULE COM CHÁ QUENTE DE QUEIMAR O BEIÇO, E O GUIA ABDUL. AO LONGE, O BURBURINHO DA PRAÇA DJEMAA EL-FNA, COALHADA DE VENDEDORES, TURISTAS E ARTISTAS DE RUA. UM FINAL DE TARDE DIFERENTE DE TUDO O QUE EU JÁ TINHA VISTO OU EXPERIMENTADO.

COMO O NOME DIZ, A ÁFRICA SUBSAARIANA É FORMADA PELOS PAÍSES AO SUL DO SAARA, ONDE VOCÊ ESTAVA. É BEM DIFERENTE DAQUI. PRA COMEÇAR, A ÁFRICA DO NORTE, ONDE ESTAMOS, É UMA REGIÃO ONDE QUASE TODO MUNDO FALA O ÁRABE, E O ISLÃ É A RELIGIÃO PREDOMINANTE.

Representação sem rigor cartográfico.

– Você é de Marrakesh? – eu quis saber.

– Sou... e não sou.

– Não entendi... Você é ou não é de Marrakesh?

– Nasci aqui, mas antes de tudo me considero berbere.

– Berbere?

– Te explico. Os berberes são um dos povos mais antigos da África; sempre viveram como nômades perambulando pelo deserto. Domesticavam camelos, aprenderam a sobreviver ao calor das areias e à falta de água. Sem moradia fixa, viraram importantes mercadores do Saara.

– Uau! Que história...

– Muito prazer, sou berbere! Ele estendeu a mão para mim, brincalhão.

– Por ora, também sou um nômade, em busca de sombra e água fresca!

– E então? O que você quer visitar? – Abdul perguntou.

78

— Gostaria de conhecer o Saara o quanto antes.

— Você não vai acreditar! Em dois dias viajo para o vilarejo de Tamegroute, pertinho do deserto, para visitar um primo. Se quiser ir, está convidado!

— Seria perfeito... E ainda terei o dia de amanhã para descansar, ler um pouco sobre o Marrocos e sobre o Saara.

— Vou de carro. E bem cedo, antes de o sol nascer, pra pegar a estrada sem trânsito. Topa?

Ao longe, as primeiras luzes da Djemaa el-Fna começavam a cintilar, ainda fraquinhas. Das barraquinhas de comida subiam fumaças cinzentas em direção ao céu estrelado de Marrakesh. Na praça, palmas ritmadas animavam uma roda de garotos que cantavam *rap* em árabe.

— E então, topa?

— Topadérrimo! Estou hospedado no hotel Gallia. Você conhece?

— Passo lá às 5 da manhã!

— Inshalláh!

Duas horas mais tarde, entre caminhadas por ruelas erradas, cheguei ao hotel morto de cansaço. Sentado à mesa no terraço, onde soprava uma brisa agradável, devorei um prato de cuscuz marroquino, uma comida local, acompanhado de legumes cozidos no vapor. Pedi uma limonada, que foi servida com pétalas de rosas boiando no copo. Delícia. Marrocos, soube depois, é um importante produtor de rosas, usadas na indústria de perfumes e na culinária.

Com o estômago satisfeito de felicidade, me preparei para dormir. Antes, aproveitei para buscar na internet algum *rap* árabe. Estava com a música da praça Djemaa el-Fna viva na minha cabeça.

Encontrei um vídeo, curti o som, e especialmente porque era de um grupo de *rappers* de Marrakesh:

Antes de terminar o videoclipe, acho que caí no sono. *Acho* não: dormi feito uma pedra.

Aponte aqui o leitor de QR Code*

* Acesse também através do *link*: https://youtu.be/F0tKoJ_3GtE (acessos em: 10 ago. 2016).

11. O chamado

Quase perdi a hora do café da manhã. Mas ainda deu tempo de comer as últimas panquecas com geleia de damasco servidas no pequeno jardim do hotel. Eu tinha dormido além da conta – merecidamente. De Angola até Marrocos o trajeto fora bastante cansativo. E, como eu viajaria com o Abdul só no dia seguinte, resolvi me dedicar a tarefas, digamos, domésticas: fazer contato com a família via *skype*, cortar as unhas do pé, massacrar alguma espinha inaceitável no meu rosto, mandar lavar as roupas sujas. Seria também o dia apropriado para pesquisas na internet. Acabei escrevendo bastante nas horas de "folga".

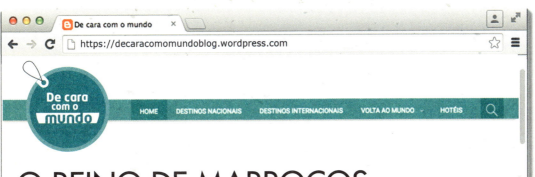

O REINO DE MARROCOS

Marrocos tem uma longa história, com capítulos recheados de invasões e ocupações estrangeiras. Por volta do ano 1100 antes de Cristo, foi colonizado pelos FENÍCIOS, que se misturaram com os berberes locais. A partir do século I, vieram outros invasores: os ROMANOS, os VÂNDALOS e os BIZANTINOS. No século VIII, foi a vez dos árabes, que trouxeram o islã, ou islamismo – religião predominante em Marrocos atualmente.

As riquezas de Marrocos, aliadas ao fácil acesso (a Europa está próxima, separada por apenas 15 quilômetros de mar), aguçaram a cobiça de espanhóis e portugueses. Nos séculos XIV e XV, Espanha e Portugal se apossaram de importantes cidades da costa marroquina. Forças rebeldes, no entanto, empurraram os invasores de volta à Europa.

Mas a paz duraria pouco. Em 1860, a Espanha retornou e ocupou o norte de Marrocos. Em seguida, a França afirmou seu domínio sobre o país africano. Em 1912 Marrocos acabou dividido: um naco ficou para os espanhóis; outro, para os franceses.

Por seu lado, o povo marroquino se articulou e, em 1956, enfim, conquistou a independência e foi criado o reino de Marrocos. Ainda hoje o país é governado sob o regime da monarquia. Além de Marrocos há outros dois países monárquicos na África: Lesoto e Suazilândia.

Para encerrar este *post*, algumas informações:

Fenícios: povo que habitou uma região nos atuais Líbano, Síria e Israel.

Romanos: construíram um poderoso império, que se estendia pelo mar Mediterrâneo, Europa, Ásia e África.

Vândalos: de origem germânica, ficaram marcados na história como violentos e destruidores.

Bizantinos: do Império Bizantino, cuja capital era Constantinopla (atual Istambul, na Turquia).

Copyright © 2016 • **DE CARA COM O MUNDO**
Todos os direitos reservados. É proibida a reprodução total ou parcial sem a autorização expressa do autor.

81

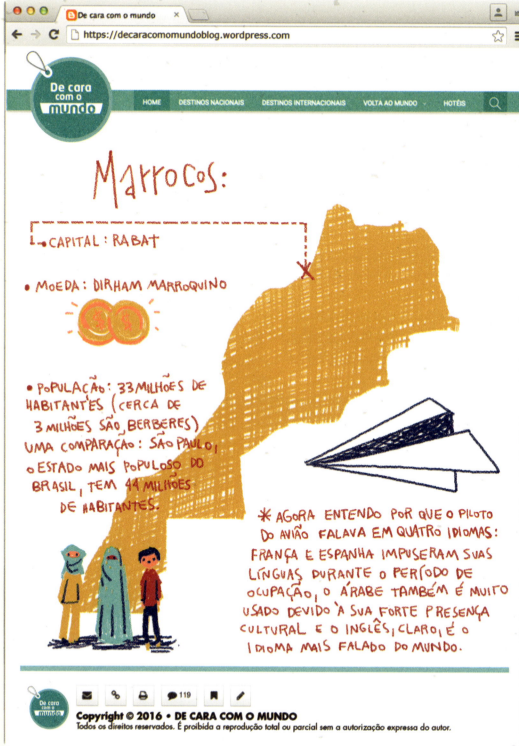

Assim que cravei o ponto final no *post*, a tarde chegava ao fim. Foi quando uma cantoria estranha aos meus ouvidos tomou conta da cidade. Subi apressado até o terraço para checar de onde vinha aquele som. Para todos os lados, perto ou a distância, havia dezenas, centenas de mesquitas com autofalantes instalados no alto dos minaretes. Deles, ecoava o Azan, o chamado que convidava os muçulmanos para fazer as orações do final da tarde. A experiência sonora me instigou a mais leituras. Segui escrevendo...

O ISLÃ

O Azan começa sempre com as palavras "Allah Akbar" ("Deus é Maior", em árabe), repetido quatro vezes. Depois, seguem versos de louvor a Deus e ao profeta Maomé. Recitado por um líder religioso, o Azan faz parte dos rituais do islã, ou islamismo, cujos seguidores são chamados de muçulmanos. Aqui dá para ouvir como é o convite à oração, também chamado Adhan:*
Assim como o judaísmo e o cristianismo, o islã é uma religião monoteísta. Ou seja, acredita em um deus único. O islã tem origem nos ensinamentos do profeta Maomé, um árabe nascido na cidade de Meca, Arábia Saudita, no ano de 570. Maomé era um mercador que, aos 40 anos de idade, passou a receber as palavras de Alá (Deus, em árabe). As revelações de Alá foram compiladas no Alcorão, o livro sagrado do islã. Em suas páginas, versos em rima ditam a conduta no cotidiano e as obrigações, como a caridade, a justiça e as preces regulares.

No Brasil, o islã chegou com os escravos africanos praticantes da fé. A primeira mesquita no país foi erguida por imigrantes árabes, em São Paulo, em 1929. Há 35 mil seguidores no Brasil.

* Acesse também através do *link*: https://youtu.be/8xUhbbOnbP0 (acessos em: 10 ago. 2016).

12. "Camelando" no deserto

Levantei num pulo com o despertador *TRIIIIIM! TRIIIIIM!* em desespero. Eu tinha virado a noite escrevendo e perdi a hora. O relógio marcava 4h45 da manhã e a viagem para o Saara estava combinada para sair em 15 minutos!

SKOVA-SKOVA-SKOVA-TCHUF-TCHUF-TCHUF... Escovei os dentes do jeito que deu. Joguei a mochila nas costas, corri para a rua. E lá estava Abdul: encostado na frente do jipe, o sorriso de orelha a orelha.

– Meu parceiro nômade do Brasil! Tá preparado para a estrada?

– Sim, senhor, comandante Ab...dulllll! – falei, segurando a língua no céu da boca para enfatizar a última sílaba do nome dele, imitando na cara de pau o sotaque árabe. – Acelera, Ab...duuuLLLL!

E lá fomos nós, cruzando Marrakesh, que ainda adormecia sob o frescor da madrugada.

85

> **Playlist**: lista de músicas, em inglês.

Abdul conectou o celular no aparelho de som do carro. A **PLAYLIST** do meu mais novo amigo contava com o cantor argelino Cheb Khaled. Com trilha sonora em árabe seguimos rumo ao maior deserto do planeta! Abdul me passou o *link* de um *show* do Khaled. Dá pra assistir aqui.

86

* Acesse também através do *link*: https://youtu.be/Ed5kCnXEpjQ (acessos em: 10 ago. 2016).

© Philip Lange/Shutterstock

Marrakesh ficou para trás. Logo, a rodovia nos conduziu ao encontro da espetacular cordilheira do Atlas. Essa cadeia de montanhas, com picos cobertos de neve, se estende por longos 2.500 quilômetros, atravessando Marrocos, Argélia e Tunísia.

A paisagem, que aos poucos ia ganhando cenários típicos de um deserto, abrigava antigas cidades cercadas por muralhas de pedra, plantações de palmeiras, um camelo ou outro vagando pela árida imensidão.

Cerca de 400 quilômetros e seis horas mais tarde, nosso jipe entrou pelas ruas empoeiradas de Tamegroute. Abdul estacionou em frente a um muro de barro tão alto que impedia ver o que havia do outro lado.

Ele bateu com a mão fechada *pow! pow! pow!* no portão de ferro.

– Agu...zelLLLL! – ele gritou. – Agu...zelLLLL!

Um homem magrinho de bigodes finos, pele castigada pelo sol e vestido numa túnica branca até os pés abriu o portão. Andou em direção a Abdul, tascou-lhe um abraço de matar saudades e quatro beijos no rosto. Dois de cada lado. Animados, os dois falaram sem parar.

– Este é meu primo, Aguzel.

Ele se dirigiu a mim e me deu quatro beijos. Retribuí.

— Aguzel tem vários camelos. É um homem rico e de sorte. Abdul demonstrava ter orgulho do primo. Mesmo entendendo patavinas da língua deles, o berbere, intuí que Abdul falava de meus planos.

— Tulio! Ele se virou para mim.

— Aguzel disse que seria um prazer te levar para um passeio pelo Saara.

— Sério? Como assim... um passeio?

— A ideia é pegar três camelos e seguir até o vilarejo M'Hamid. É um lugar lindo, com dunas gigantescas.

Representação sem rigor cartográfico.

— De quanto tempo vamos precisar?

Abdul engatou outra longa conversa com o primo.

— E então, o que ele disse? – perguntei.

— Sete dias de camelo, entre visitar M'Hamid e voltar para cá.

— Uma semana no deserto?! Por Alá, não ia desperdiçar a oportunidade!

— Aguzel vai providenciar tudo: camelos, comida, garrafas de água e tenda para passarmos as noites. E os cobertores, porque ao anoitecer o deserto congela até esqueleto. Partimos antes do amanhecer, BISMILLAH!

Bismillah: expressão muito comum na região, que significa "Em nome de Alá" – o deus dos muçulmanos.

88

– Bismilláh? Estava esperando um "Inshalláh", e ele vem com "bismillah"? Pensei.

Enquanto os primos engatavam mais uma conversa acalorada, busquei uma pesquisa feita no hotel, arquivada em meu supercelular.

Deserto do Saara

O Saara é o maior deserto do mundo: tem 9 milhões de km² – área maior que o Brasil. Cruza 11 países no norte africano: Marrocos, Saara Ocidental, Mauritânia, Mali, Argélia, Níger, Chade, Líbia, Tunísia, Sudão e Egito. Chuva é raridade e, da manhã até a noite, as temperaturas podem variar de 50º C a –5º C. Entre os animais, camelos, cabras, lagartos e cobras se adaptaram à região quente e seca. Nos oásis, onde há água subterrânea e vegetação, os povos locais ergueram vilarejos e cidades.

O horizonte dos nômades do Saara: areia e dunas. Dunas e areia.

Com água para beber e plantar, os oásis são como um sonho para quem vive no deserto.

89

O PRIMEIRO DIA NO DESERTO FOI DUREZA. NÃO É FÁCIL AGUENTAR A MARCHA LENTA DO CAMELO E MUITO MENOS O CALOR DO SAARA. MINHAS COSTAS PARECIAM MOER A CADA PASSO DO ANIMAL. ALÉM DO DESCONFORTO, FICAR ALI MONTADO DAVA UM SONO DANADO.

Ao fim do dia, paramos para montar acampamento. O céu estava coalhado de estrelas. Na escuridão absoluta, pareciam se agigantar. Mesmo com o vento frio e cortante do início da noite, não resisti: enrolado no cobertor me larguei na areia, entorpecido pelo visual da noite e o silêncio.

A curtição não iria longe. Num salto repentino, levantei-me cuspindo areia e disparei para o interior da tenda. Uma ventania rasteira me pegou de surpresa. Com roupas, cabelo, cílios, boca e orelhas entupidos de areia, virei piada para os primos.

– Tudo bem, sou marinheiro..., quer dizer, nômade... de primeira viagem!

Abdul se divertia com a cena. Aguzel caiu numa gargalhada tão escancarada que dava até para ver a goela dele. Não me aguentei e rachei de rir. Por causa da goela.

Para nossa sorte, aquela ventania estava longe de ser uma tempestade de areia. Soube mais tarde que os efeitos de uma tempestade de areia podem ser sentidos bem longe da África.

Quando acontece o fenômeno, nuvens de poeira do deserto viajam até a Europa e alcançam locais tão distantes quanto a Floresta Amazônica! Não é pra menos: as tempestades formam espirais de até 80 metros de altura, com ventos velozes. E entendi por que os homens do deserto não desgrudam dos turbantes: além de protegerem a cabeça do sol, eles servem para cobrir o rosto das lufadas de ar quente e das ventanias de areia.

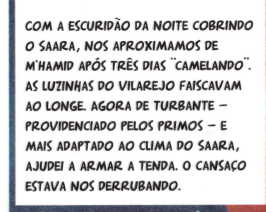

COM A ESCURIDÃO DA NOITE COBRINDO O SAARA, NOS APROXIMAMOS DE M'HAMID APÓS TRÊS DIAS "CAMELANDO". AS LUZINHAS DO VILAREJO FAISCAVAM AO LONGE. AGORA DE TURBANTE – PROVIDENCIADO PELOS PRIMOS – E MAIS ADAPTADO AO CLIMA DO SAARA, AJUDEI A ARMAR A TENDA. O CANSAÇO ESTAVA NOS DERRUBANDO.

13. Vida de nômade

Depois do chá obrigatório, desabei. Não por muito tempo. Um vulto de voz grossa adentrou a tenda sem muitas cerimônias.

Abdul e Aguzel levantaram de um pulo só e emendaram uma conversa com o sujeito.

– Seria algum problema? – pensei, ressabiado.

A visita inesperada era um nômade, corpulento, chamado Hassam.

– **Salaam aleikum**. – cumprimentou ele.

– **Wa aleikum salaam**. – responderam os primos.

Acampado nos arredores com a família, alguns camelos e cabras, *Hassam* tinha nos visto cruzar aquele trecho do deserto durante o dia. E resolveu nos visitar.

> **Salaam aleikum:** cumprimento entre muçulmanos: Que a paz esteja com você.

> **Wa aleikum salaam.** A resposta que quer dizer: "E sobre você, a paz." O "w" tem o som de u.

92

Na tenda iluminada pela luz fraca do lampião, sentado no chão, o nômade se expressava com gestos largos e falava em berbere. Conseguia entendê-lo por intermédio das traduções de Abdul.

Hassam queria saber sobre mim – afinal, eu era um estrangeiro vindo de um mundo tão diferente do dele.

– Tulô! – ele tentou pronunciar meu nome.

– *No, no*. Tulio!

– Ah, Fulo!

– *No*. TU-LI-O! – pronunciei sílaba por sílaba.

– Ah...

– *You...?* – apontei para ele.

– Hassam. Rá-ssam! – ele me olhou e bateu no peito, no lado do coração, com a mão espalmada.

– SÁRRÁRA! SÁ-RRÁ-RA. *Desert*.

– BRASIL! BRA-SIL. *Football*. – falei, repetindo o gesto de Hassam.

– Ah, *football*... Pelé!

Saara, futebol, Pelé. Fiquei orgulhoso em levar um papo com o nômade sem a ajuda do intérprete Abdul. Com sua voz grave, Hassam contou que o deserto provocava-lhe um temor. Temor de um dia morrer de sede ou de fome:

– Sem água, viver é impossível. Não se pode criar animais e, sem eles, não há carne para comer.

Para não perder o costume, nossa conversa rolava ao redor de uma chaleira com chá de hortelã. Estávamos sentados de pernas cruzadas num tapete estendido sobre a areia. Um prato com frutas secas e **TÂMARAS** nos abastecia.

Hassam disse ter nascido no deserto havia "uns quarenta anos, mais ou menos". A vida dele resumia-se a perambular em busca de água para a sobrevivência da mulher, dos três filhos e do modesto rebanho.

Tâmara: fruto da tamareira, árvore que alcança até 25 metros de altura, comum em regiões desérticas.

93

Curioso, perguntei a Hassam como ele conhecera a esposa. No mesmo instante, sua expressão se fechou. Será que eu tocara num assunto proibido?

— Mulheres, filhos e casamento é assunto muito pessoal. Os berberes evitam falar sobre isso com quem não é da família — Abdul me explicou.

Constrangido, pedi a Abdul para desculpar-se por mim. Talvez pelo meu pedido de desculpas, e provavelmente confiante com a presença de Abdul e Aguzel (afinal, eles também eram berberes), Hassam relaxou e emendou a conversa.

— Quando eu ia completar 18 anos, meus pais saíram pelos vilarejos em busca de uma esposa para mim. Até que encontraram uma jovem de 16 anos, com bons dotes para minha família: uma dúzia de cabras e um pouco de dinheiro.

— Dotes?

— O dote é um antigo costume — explicou-me Abdul. — A família da noiva precisa oferecer bens para que a família do noivo a aceite como esposa. Uma jovem sem dotes tem dificuldades para conseguir casamento.

— E demorou muito para vocês se casarem?

— A gente não se conhecia. Em uma semana fomos apresentados um ao outro e nos casamos. Depois, partimos pelo deserto. Foi assim.

Entendi que Hassam tinha colocado um ponto final na conversa. Ele falara sobre sua vida particular mais do que o suficiente com um estrangeiro. Não me senti à vontade para perguntar mais nada. E nem precisava.

As histórias que ouvira, as estrelas enormes no céu do Saara eram o bastante para eu agradecer o belo dia que tivera. E para me embalar num sono bom. Nem vi quando o visitante deixou a tenda.

Na manhã seguinte, pretendíamos partir antes de o sol nascer. Mas o plano não daria certo.

No deserto é preciso ter paciência com os berberes, um povo sem pressa, sem a urgência dos horários. Depois de tudo pronto para seguirmos viagem, foi preciso esperar Aguzel cumprir o ritual do primeiro chá do dia.

Na maior calma do mundo, primeiro ele foi dar uns *tap-tap-tap* tapinhas de "bom dia" na cabeça dos camelos. Depois, de cócoras, fez uma cova na areia e acendeu a fogueira. Encheu a chaleira com água e folhas de hortelã. Quando o líquido ferveu, acrescentou blocos de açúcar cristalizado. Em seguida, despejou o chá em três canecos de uma altura de uns 30 centímetros.

94

Um arco de líquido quente, e cheiroso, formou-se no ar. Repetiu o mesmo ritual umas três vezes.

Quando o chá parecia bem adocicado e espumante, ele nos deu o sinal para beber. Essa é uma virtude dos nômades: a valorização de tudo que se vai beber ou comer.

O dia tinha tudo para ser tranquilo. Tinha...

14. Susto no deserto

Do nosso acampamento, a impressão era que M'Hamid estava perto. De camelo, porém, levamos umas três horas e só alcançamos o vilarejo no final da manhã. Aguzel nos conduziu por vielas de areia até onde moravam alguns parentes.

Na casinha cor de barro, e de chão batido, conhecemos Jamil, tio de Aguzel, que também visitava a família. Falante, Jamil usava óculos escuros, bigode grosso cobrindo o lábio superior e um turbante azul-marinho.

Para agradar o sobrinho Aguzel, Jamil nos convidou para subir em sua velha caminhonete e conhecer as dunas de Chegaga, a umas três horas de distância de carro, quase na fronteira com a Argélia. Um ótimo negócio: no lombo do camelo, o passeio nos custaria pelo menos mais um dia inteiro de viagem entre ir e voltar. E, confesso, dar um tempo de "camelar" não seria má ideia.

E lá fomos nós: os primos Abdul e Aguzel, o "nômade" do Brasil e Jamil ao volante. Depois de M'Hamid não existem mais estradas. Nosso motorista dirigia simplesmente sobre um imenso descampado de areia, sem qualquer referência visual. Não havia um caminho, uma duna, um cacto..., nada.

Logo adentramos a mais surpreendente e inimaginável paisagem do Saara: a hamada, uma extensa planície coberta por cascalhos, a perder de vista. As pedras

96

Representação sem rigor cartográfico.

eram lisinhas e ovaladas, lapidadas pelo vento. Como Jamil conseguia se orientar naquela vastidão? Eu não tinha a mínima ideia.

A caminhonete avançou pelo terreno de pedrinhas para depois alcançar outra planície sem fim. Depois de rodar bastante (tive a impressão de que Jamil se perdera naquele mundaréu de areia), chegamos ao destino: as dunas de Chegaga. Fiquei espantado com a altura e as cristas sinuosas das dunas. Subimos ao topo delas para admirar a paisagem que se perdia no horizonte. O cenário cinematográfico me inspirou: *clic! clic!*

A beleza do lugar nos distraiu e quando nos demos conta o céu pintara-se de alaranjado, anunciando o pôr do sol.

– *Yálah, yálah*! – Jamil pediu para nos apressarmos, pois precisávamos voltar antes do escurecer.

Bem, já não dava mais tempo, faríamos o caminho de volta durante a noite.

Dunas de Chegaga: um mar de areia!

97

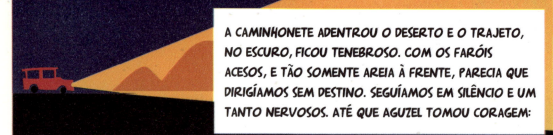

Jamil, tomado pelo orgulho, não queria reconhecer que se perdera. Rodávamos em círculos. E se a gasolina acabasse?

As horas passaram até que as luzinhas de M'Hamid surgiram, sinalizando que estávamos salvos. Fim do sufoco.

Na manhã seguinte, após nos despedirmos da família de Aguzel e do tio Jamil – que permanecia atrás dos óculos escuros como se nada tivesse acontecido –, pegamos o caminho de volta com nossos fiéis camelos para encerrar a aventura pelo Saara. Em dois dias de viagem alcançamos o vilarejo de Ben-Ali, na verdade, um oásis – parada estratégica para descansar e dar água aos animais.

Ben-Ali surgiu quando o sol se pôs feito uma bola alaranjada, enorme, no horizonte de areia. Como Aguzel não gostava de entrar nos vilarejos durante a noite,

mais uma vez acampamos às margens do oásis. Ao amanhecer, as vielas do lugarejo nos conduziram a outra fascinante história.

Confundidos com nômades, um garoto correu ao nosso encontro.

– Vocês precisam descansar. Na minha casa tem sombra e chá. Vamos? Podem confiar, meu nome é Zayd.

Aguzel e Abdul não fizeram cerimônia com o convite. Seguimos Zayd até uma casinha simples, de dois cômodos: sala e cozinha, sem móveis, apenas um velho tapete cobrindo o chão. Sentados sobre as pernas, ouvimos dele que desde a morte recente do pai dividia com a mãe a responsabilidade de criar a família. Zayd era o homem mais velho entre os sete filhos. Magrinho, de olhos esverdeados e vivos, não passava dos 10 anos de idade.

Uma coisa me incomodava. A mãe do menino, vestida numa **BURCA**, nos observava por uma fresta da parede de barro. Aos poucos, ela se aproximou. Veio em nossa direção carregando uma bandeja com tâmaras, pães e uma vasilha com azeite.

Zayd pegou uma fatia de pão e mergulhou no azeite.

– É assim que se faz – disse ele.

> Burca: veste feminina que cobre todo o corpo, incluindo o rosto.

O garoto falou um pouco de sua vida. Contou que a mãe, Fátima, trabalhava com os filhos na colheita de tâmaras. E que passava os dias aguardando um noivo para levar a filha mais velha, de 19 anos, e os dotes que a família tinha reservado: uma pequena quantia de dinheiro e algumas galinhas.

– A vida ali não era nada fácil – refleti.

Apesar das dificuldades, Zayd fez questão de nos deixar confortáveis. Pão, azeite, chá, uma boa sombra e a conversa amigável, provavelmente, era tudo o que a família tinha a oferecer aos forasteiros. Estávamos, todos, satisfeitos com a recepção. Depois do chá, Zayd nos acompanhou até a porta de casa. Fátima permaneceu lá dentro, nos observando. Enfim, ela balançou a mão timidamente se despedindo dos visitantes inesperados.

Naquele mesmo dia retomamos nosso trajeto de volta a Tamegroute, o povoado de Aguzel. Após uma semana "camelando", compreendia o quanto o deserto era surpreendente. Nem de longe era monótono. Abaixo da imensidão do céu sempre azul, a paisagem modificava de acordo com as horas do dia. As dunas mudavam de lugar com os ventos. E eram muitas as histórias do povo do Saara.

A chegada na casa de Aguzel foi marcada pelo cansaço. Todos, incluindo os camelos, fatigados, porém felizes. Os bichos pareciam sorrir com o fim do trabalho.

Mas era hora de partir. Aguzel despediu-se de mim com os quatro beijos tradicionais. Os primos mais uma vez se beijaram, falaram como se não se vissem há tempos.

Enfim, Abdul e eu partimos pela estrada, desta vez sentados no conforto do jipe, em direção a Marrakesh.

Ao entrarmos em Marrakesh, a cidade me pareceu mais vibrante. Tão encantadora quanto o deserto que eu acabara de conhecer – e experimentar.

Abdul estacionou em frente ao hotel e caminhamos até a praça Djemma El-Fna. A praça, como sempre, estava agitada. Contadores de histórias, mágicos, engolidores de escorpiões, tatuadores de hena, encantadores de serpentes, músicos, astrólogos e acrobatas se apresentavam e ofereciam seus serviços para a multidão aglomerada por ali. A atmosfera lembrava um livro de fábulas. A essência do deserto talvez fosse mesmo aquela: a combinação de fantasia com a mais dura realidade.

A praça Djemma El-Fna é pura magia. Lá se misturam artistas, comidas exóticas e encantadores de cobras.

Meu celular vibrou. Arlindo chamava.

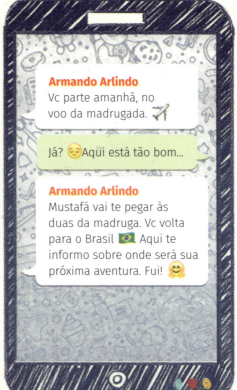

Ali mesmo na praça me despedi de Abdul.

– Muito bom ter um amigo do Brasil! – disse-me Abdul, enquanto me dava um forte abraço, com sinceridade.

– Para mim é uma honra ter um amigo berbere!

– Volta quando? – ele quis saber.

Essa era a pergunta que não gostaria de ouvir naquela hora de despedida.

Será que um dia voltarei para rever as pessoas que conheci na África, me encantar novamente com a escuridão estrelada do Saara? Inshalláh!

Na madrugada, quando o avião decolou em direção ao Brasil, preguei meu rosto na janela para ver Marrocos, e a África, pela última vez naquela longa aventura. Lá embaixo, Marrakesh ainda dormia. Arranquei os tênis surrados. Apaguei. Agora, a África se tornara parte de mim. Eu era outro cara!

Fim

Sobre estradas, trabalhos e horizontes

Sérgio Túlio Caldas nasceu numa cidade de nome inspirador: Belo Horizonte, em Minas Gerais, estado famoso pelas belas montanhas e 'causos' contados à mesa tomada pelos aromas do pão de queijo e de café no bule.

Em busca de outros horizontes e histórias, Sérgio Túlio tornou-se jornalista, escritor, diretor de TV e um viajante contumaz. Assim, ora por meio do trabalho, ora por pura curtição, tem pegado estrada para escrever, fazer reportagens e filmar. Para o canal National Geographic, dirigiu e roteirizou várias séries como "Parques de São Paulo", "Tabu/Brasil", "A Verdade de Cada Um" e "Os Caminhos de Che". Também tem realizado documentários e programas televisivos para emissoras de canal aberto e TVs públicas do Brasil. Na África, dirigiu um programa jornalístico exibido pela TV Pública de Angola (TPA).

Com passagem pela imprensa do país (editora Abril, jornal *O Estado de S.Paulo*, TV Gazeta e TV Record), tem vários livros publicados, entre eles: *Nas Fronteiras do islã* (Record); *Café, um grão de história* (Dialeto) e *Terra sob pressão* (Moderna) – indicados ao prêmio Jabuti.